書下ろし

# 悪鬼襲来

闇の用心棒⑫

鳥羽 亮



祥伝社文庫

# 目次

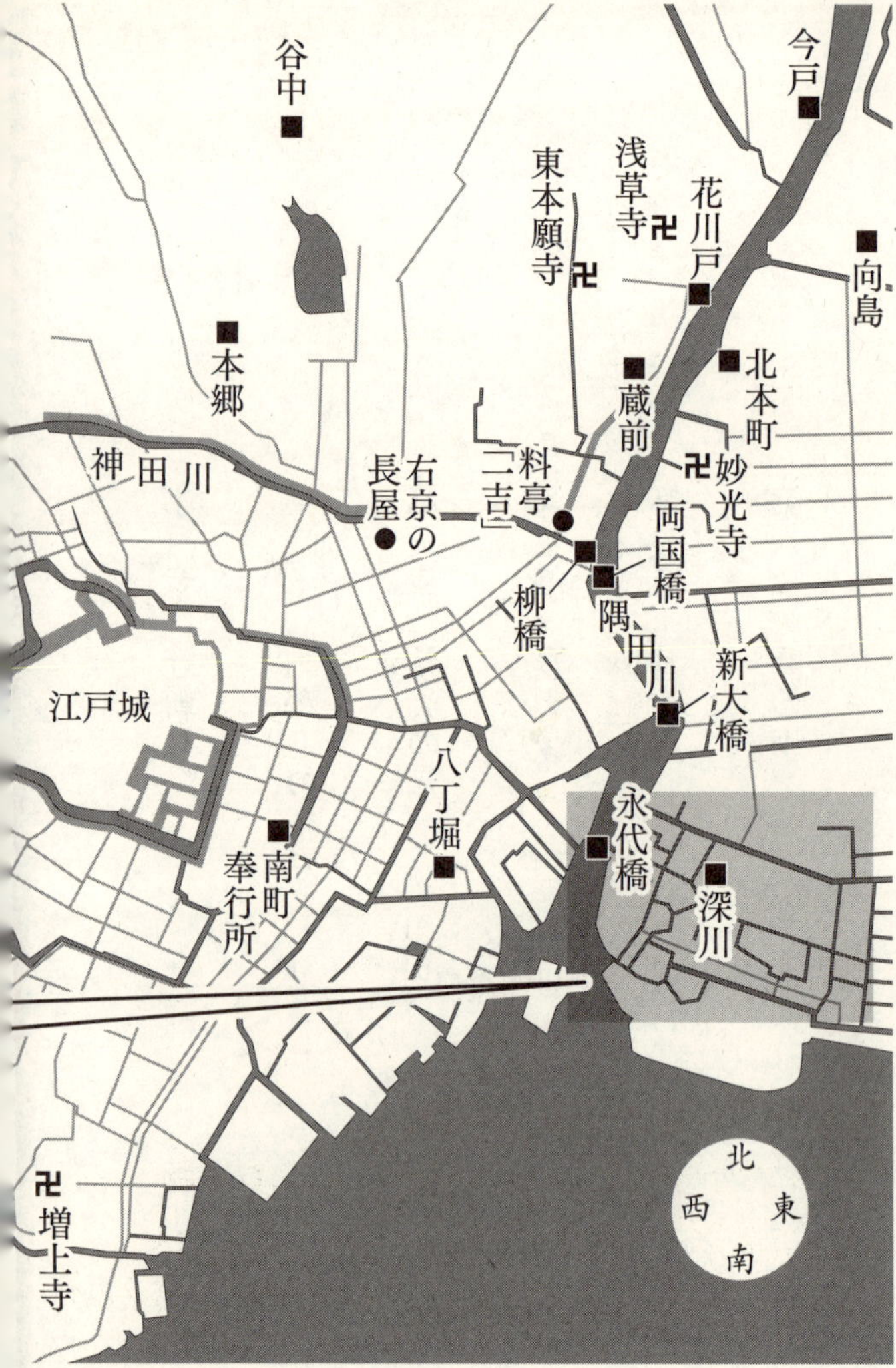
谷中
今戸
浅草寺
東本願寺
花川戸
向島
本郷
蔵前
北本町
妙光寺
神田川
右京の長屋
料亭「一吉」
両国橋
柳橋
隅田川
新大橋
江戸城
八丁堀
永代橋
深川
南町奉行所
北
西
東
南
増上寺

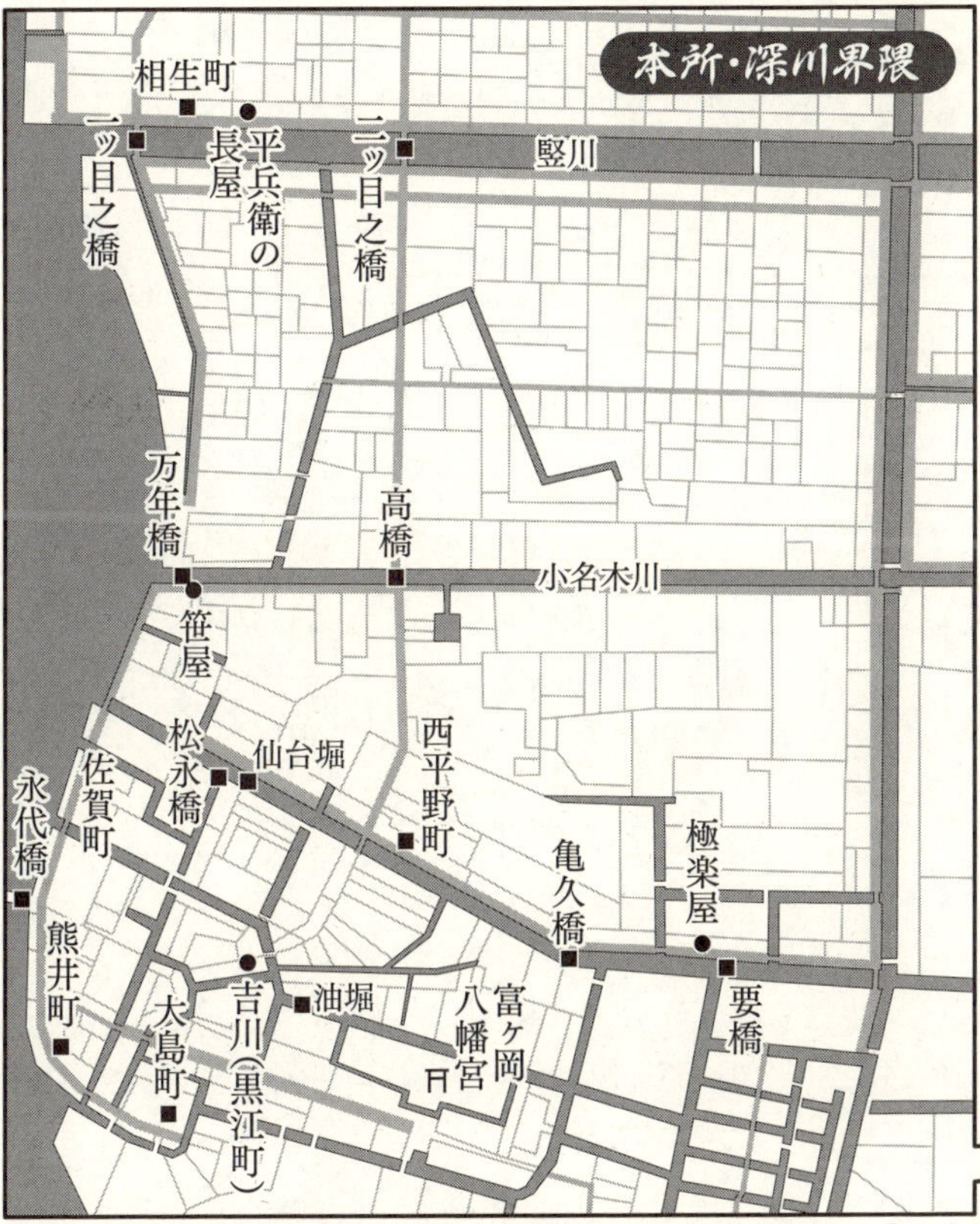
本所・深川界隈
相生町
一ッ目之橋
平兵衛の長屋
二ッ目之橋
竪川
万年橋
高橋
小名木川
笹屋
松永橋
仙台堀
西平野町
永代橋
佐賀町
亀久橋
極楽屋
熊井町
吉川(黒江町)
油堀
大島町
富ヶ岡八幡宮
要橋

# 「悪鬼襲来」の舞台

# 第一章　辻斬り

1

静かな夜だった。頭上の十六夜《いざよい》の月が、濡れたように白くひかっている。仙台《せんだい》堀の水面に月光が映じて、無数の淡いひかりの波を刻んでいた。その波が絹の襞《ひだ》のようになって、岸辺へ寄せてくる。

五ツ（午後八時）ごろだった。そこは深川西平野町《ふかがわにしひらのちょう》、仙台堀沿いの通りである。通りに人影はなかった。通り沿いの表店は板戸をしめ、洩《も》れてくる灯《ひ》もなく、ひっそりと夜の帳《とばり》につつまれている。聞こえてくるのは、仙台堀の汀《みぎわ》に寄せるさざ波の音だけである。

仙台堀にかかる海辺《うみべ》橋のたもと近く、岸際に植えられた柳が長い枝葉を垂らしていた。夜陰のなかで、黒い蓬髪《ほうはつ》のように見える。

その柳の陰に、人影があった。ふたりいる。ひとりは牢人らしい。総髪で、黒鞘《さや》の大刀を一本だけ落とし差しにしていた。面長《おもなが》で、肉をえぐり取ったように頬がこけていた。細い目が、暗闇のなかで薄くひかっている。

もうひとりは、町人だった。棒縞《ぼうじま》の小袖を裾高《すそだか》に尻《しり》っ端折《ぱしょ》りしている。眉の濃い、剽悍《ひょうかん》そうな面構《つらがま》えをしていた。

ふたりは柳の樹陰に身を隠し、金を持っていそうな男が通りかかるのを待っていた。

「彦造《ひこぞう》、今夜はだめだな」

牢人がくぐもった声で言った。

「まだ、早《はえ》え。もうすこし待ちやしょう」

そう言って、彦造と呼ばれた男が口元に薄笑いを浮かべた。

それから小半刻（三十分）も過ぎたろうか。通りの先に、ぽつん、と提灯《ちょうちん》の灯が見えた。ふたりがいるのは町境近くで、提灯の灯の見える辺《あた》りは伊勢崎《いせざき》町である。

「旦那、鴨《かも》が来やしたぜ」

彦造が仙台堀沿いの道を指差しながら言った。

提灯の灯が、彦造たちが身を隠している海辺橋の方へ近付いてくる。

「商人《あきんど》のようだな」

牢人が言った。

提灯のぼんやりした明りのなかに、羽織姿の男が浮かび上がったように見えた。商家の旦那ふうである。

「旦那、もうひとりいやすぜ」

提灯の明りの後方にも人影があった。月光のなかに、黒い人影がかすかに識別できる。

後方から来る男は、提灯から十間ほど離れているだろうか。半纏《はんてん》に股引《ももひき》姿だった。職人か大工といった感じである。

「どうしやす」

彦造が訊《き》いた。

「せっかくの獲物だ。ふたり、殺《や》ろう」

牢人が低い声で言った。

「あっしが、後ろの男を殺りやしょう」

彦造は、懐《ふところ》に右手をつっ込んだ。呑《の》んでいる匕首《あいくち》を握ったのである。

提灯の灯が、しだいに近付いてきた。草履《ぞうり》の音も、かすかに聞こえてくる。

商家の旦那ふうの男は大柄だった。提灯が揺れている。足早に歩いてくるせいであろう。旦那ふうの男の後方から来る男は、通り沿いに軒《のき》を連ねる店寄りを歩いていた。こちらは、ゆっくりした歩調だった。おそらく、旦那ふうの男に跡を尾《つ》けていると思われたくないのだろう。ふたりの距離は、すこしずつ離れていく。旦那ふうの男が、半纏姿の男を追い越したのかもしれない。

提灯の灯が、柳の陰にひそんでいるふたりの前に迫ってきた。

いきなり、牢人が刀を抜いた。キラッ、と刀身が月光を反射《はね》て銀色《しろがねいろ》にひかった。つづいて、彦造が匕首を抜いた。

「いくぞ！」

言いざま、牢人が柳の陰から飛び出した。

彦造がつづく。

ふたりの足音がひびき、牢人の手にした刀と彦造の手にした匕首が白くひかり、夜陰を切り裂きながら旦那ふうの男と半纏姿の男に迫っていく。

ヒッ、と旦那ふうの男が喉《のど》のつまったような悲鳴を上げ、凍りついたようにつっ立った。彦造と牢人が刃物を手にして、目の前に迫ってくる。旦那ふうの男の手が震え、提灯が激しく揺れた。

牢人は上段に構えていた。ただ、上段らしい高い構えではなかった。額に右の拳をつけた低い構えで、刀身をやや寝かせている。

ウワアッ！

突然、旦那ふうの男が大きな叫び声を上げ、手にした提灯を迫ってくる牢人にむかって投げ付けた。

走りざま、牢人は上段から刀を一閃《いっせん》させた。

バサッ、と音をたて、提灯が斜に裂けて地面に落ちた。次の瞬間、ボッ、と提灯が燃え上がった。炎が闇を払い、刀を振りかぶった牢人の姿を、くっきりと浮かび上がらせた。

「た、助けて！」

叫びざま、旦那ふうの男は反転して駆けだそうとした。

そこへ、牢人が踏み込み、低い上段から振り下ろし、切っ先を旦那ふうの男の首筋にむけてとめた。

タアッ！

鋭い気合とともに牢人の切っ先が、槍の刺撃のように前にはしった。提灯の燃える火を映じた刀身が、赤い閃光になって旦那ふうの男の首筋を襲った。踏み込みざまの突きである。

切っ先が、旦那ふうの男の盆の窪《くぼ》から喉へ突き抜けた。

次の瞬間、旦那ふうの男は身をのけ反《ぞ》らせ、首を後ろにかたむけて動きをとめた。串刺しである。

すばやく、牢人は刀身を引き抜いた。

旦那ふうの男の喉から血飛沫《ちしぶき》が驟雨《しゅうう》のように飛び散った。男は血を撒《ま》きながら、よたよたと前に歩いた。悲鳴も呻《うめ》き声も聞こえなかった。血の噴出音が、かすかに聞こえただけである。

旦那ふうの男の足がとまると、グラッと体が揺れ、腰から沈み込むように転倒した。男は地面に横たわったまま、動かなかった。四肢《しし》が痙攣《けいれん》しているだけである。

このとき、彦造も半纏姿の男に迫っていた。匕首を胸の前に構え、前屈《まえかが》みの格好で走り寄る。彦造は血走ったような目をしていた。

迅《はや》い！

匕首が彦造の顎《あご》の下で青白くひかっている。疾走《しっそう》していく彦造の姿は、牙を剝《む》いて獲物に迫る夜走獣のようだった。

半纏姿の男は悲鳴を上げ、反転して駆けだした。

だが、すぐに彦造は男に追いつき、背後から手にした匕首を斜に斬り下げた。かすかな刃音がした瞬間、男の首が横にかしぎ、首筋から血が噴いた。彦造は背後から擦《す》れ違いざま、男の首筋を匕首で掻き斬ったのである。

咄嗟《とっさ》に、男は右手で首筋を押さえたが、指の間から血が音を立てて噴き出した。首筋の血管《ちくだ》を斬ったらしい。

男はたたらを踏むように泳いだが、爪先《つまさき》を何かにひっかけ、顔から地面につっ込むように倒れた。

俯《うつぶ》せに倒れた男は身を捩《よじ》るように動かしたが、首をもたげることもできなかった。すぐに、男は動かなくなった。絶命したようである。

男の首筋から流れ出た血が、赤い布をひろげるように地面を染めていく。

彦造は男の肩先をつかんで仰向《あおむ》けにすると、懐に手をつっ込んで巾着《きんちやく》を取り出した。

「しけてやがる。これだけだぜ」

彦造はわずかな膨《ふく》らみのある巾着を手にしながら、

「旦那の方はどうです」

と、訊いた。

牢人は横たわっている旦那ふうの男から抜き取った財布を手にし、なかを覗《のぞ》いて見た。

「十五、六両はあるな」

「まァ、まァですぜ」

彦造が薄笑いを浮かべて言った。

「今夜はこれまでだな」

「へい」

ふたりは、足早にその場から離れた。

十六夜の月が白くかがやき、殺されたふたりの男を照らし出していた。人声も物音もしなかった。聞こえてくるのは、仙台堀の汀に寄せるさざ波の音だけである。

2

安田平兵衛《やすだへいべえ》はひとり、深川伊勢崎町の仙台堀沿いの道を歩いていた。吉永町《よしなが》にある極楽屋《ごくらくや》に行くつもりだった。極楽屋とは妙な名だが、一膳《いちぜん》めし屋だった。人通りのすくない辺鄙《へんぴ》な地にあり、客筋は銭のない男やならず者ばかりだったので、あるじの島《しま》蔵《ぞう》が洒落《しやれ》でつけた屋号である。

平兵衛は還暦《かんれき》を過ぎていた。小柄で、すこし背がまがっている。顔には老人特有の肝斑《しみ》が浮き、白髪の多い髷《まげ》や鬢《びん》はくすんだような灰色をしていた。

平兵衛は刀の研《と》ぎ師だった。研ぎ師といっても長屋住まいで、たまに軽格の御家人ややくざ者などから依頼される鈍《なまくらがたな》刀や脇差などを研いで、細々と暮らしていた。

平兵衛はふだん仕事のときに着る紺の筒袖に軽衫《かるさん》姿だった。丸腰で、とぼとぼと歩く姿は、いかにも頼りなげな老爺《ろうや》である。

ただ、若いとき金剛流《こんごうりゅう》という剣術の修行で鍛《きた》えたせいか、胸は厚く、腰はどっしりしていた。剣の心得のある者が見れば、武芸の修行で鍛えた体であることは分かったかもしれない。

……何かあったのかな。

平兵衛は、海辺橋近くに人だかりができているのを目にとめた。集まっているのは、ぼてふり、船頭、川並《かわなみ》、職人ふうの男など、通りすがりの野次馬が多いようだが、岡っ引きらしい男の姿もあった。船頭や川並が目につくのは、仙台堀の先に木置場が多いせいであろう。

平兵衛は人垣の後ろについて肩越しに覗いてみたが、前に立っている男の背が高く、何も見えなかった。集まった野次馬たちのなかから、「まったくひでえことしやがる」、「辻斬りの仕業だぜ」、「見ろよ、ふたりとも血まみれだぜ」などという声が聞こえてきた。

どうやら、ふたりが斬られ、その死体があるようだ。野次馬たちの話からすると、下手人は辻斬りらしい。

そのとき、平兵衛の前に立っていた大柄の船頭ふうの男が、「おい、行くぜ」と声をかけて、脇に立っていた男の肩をたたいた。そして、ふたりがその場を離れたので、平兵衛はふたりの男が立っていた場所に割り込んだ。

見ると、男がひとり岸際の叢《くさむら》のなかに俯せに倒れていた。その脇に岡っ引きらしい男がふたり、屈み込んで死体に目をやっている。

倒れている男は、商家の旦那ふうだった。黒羽織に細縞の小袖姿である。そばに、提灯の燃え滓《かす》が残っていた。殺された男が手にしていた提灯であろう。

……ひどい血だ。

と、平兵衛は胸の内でつぶやいた。

倒れている男の周辺は、どす黒い血に染まっていた。まるで、小桶で撒き散らしたようである。

死体の主は、どこを斬られたのであろう、と平兵衛は思い、あらためて死体に目をやった。

……首だ！

首筋がどす黒い血に染まっていた。

だが、傷口がない。これだけの出血なら、傷口がひらいているはずである。盆の窪から、背中にかけて出血が激しかった。盆の窪から細い刃物で突き刺したのかもしれない。

さらに、死体の喉のあたりも血に染まり、首の下の叢に血溜《ちだ》まりができていた。どうやら、細い刃物で首を貫かれたようだ。

……槍か！

平兵衛は、下手人が背後から槍で突き刺したのかもしれないと思った。

……手練《てだれ》のようだ。

槍にしても、手練でなければ、盆の窪から喉を突き通すような芸当はできない。槍にしろ刀にしろ、下手人は腕の立つ武士とみていいようだ。

十間ほど離れた場所に、別の人だかりができていた。そこにも、倒れている男がいるようだ。

平兵衛はその場を離れ、別の人だかりに足をむけた。こちらは、野次馬たちの数がすくなく、すぐに横たわっている男に近付くことができた。

男は、仰向きに倒れていた。黒の半纏に股引姿である。大工か屋根葺《やねふ》き職人のような格好だった。

……この男も首か！

首筋に深い傷があった。激しく出血したとみえ、地面がどす黒い血に染まっている。

下手人は刀か匕首を遣って、男の首筋を斬ったらしい。体の他の場所に傷がないので、一撃で斃《たお》したとみていいようだ。

この男を殺した下手人は、商家の旦那ふうの男を殺した者とは別人のようだ、と平兵衛はみてとった。となると、ふたりの下手人が、一人ずつ殺したことになる。武器は何を遣ったかはっきりしないが、どちらも腕のたつ者とみていいだろう。

そのとき、人垣の後ろに走り寄る足音が聞こえ、

「どこだ、おとっつァんは！」

と、男の叫び声が聞こえた。

その声で、野次馬たちが左右に身を引いて道をあけた。

十四、五歳と思われる若い男だった。目がつり上がり、顔が蒼《あお》ざめている。若い男はよろけるような足取りで、人垣の間から倒れている男に近付いて来ると、
「おとっつァん！」

と、一声叫んで、倒れている男のそばに駆け寄った。

若い男は、倒れている男の脇に膝をおり、

「だれが、おとっつァんを！」

と叫ぶと、喉のつまったような嗚咽《おえつ》を洩らした。膝の上で拳を握りしめ、両肩を上下させながら激しく身を顫《ふる》わせた。どうやら、殺された男の倅《せがれ》らしい。

平兵衛の背後にいた大工らしい男が、「伊助《いすけ》の倅の勇次《ゆうじ》だぜ」と、脇にいる男に小声で言った。どうやら、殺された男は伊助で、駆け付けたのが倅の勇次らしい。

それから、小半刻（三十分）ほどして、殺されたもうひとりの男のことも知れた。深川西永町《にしながちょう》にある材木問屋、松田屋《まつだや》のあるじの藤右衛門《とうえもん》だった。

知らせを聞いた松田屋の番頭が、数人の奉公人を連れて駆け付《つ》け、殺された男が藤右衛門であることを話したのだ。

平兵衛が人垣から離れようとしたとき、後ろから肩をたたかれた。振り返ると、嘉《か》吉《きち》が立っていた。嘉吉は極楽屋の板場を手伝っている男である。上州《じょうしゅう》から流れてき

た無宿者だが、まだ若く独り者である。極楽屋のなかでは、若い連中の兄貴格だった。

「安田の旦那、極楽屋へ」

嘉吉が訊いた。

「研いだ刀を届けに、近くまで来たのだ。久し振りに、極楽屋でめしでも食わしてもらおうかと思ってな」

「親爺《おやじ》さんも、喜びますぜ」

親爺さんとは、極楽屋のあるじの島蔵のことである。

「ところで、嘉吉は何しにここに」

平兵衛が訊いた。

「店の客から、ここで、ふたりも殺されていると聞きやしてね。様子を見に来たんでさァ」

嘉吉が照れたような顔をして言った。

「嘉吉はどうするな。わしは極楽屋へ行くが」

「あっしも、ごいっしょしますよ。死骸《おろく》は拝《おが》ませてもらったし、旦那から様子も聞けやすからね」

そう言って、嘉吉は平兵衛の後に跟《つ》いてきた。

すでに、四ツ（午前十時）を過ぎていようか。陽射しが、だいぶ強くなっていた。ただ、暑さは感じなかった。仙台堀の水面を渡ってきた風に涼気があったのである。

3

深川吉永町、仙台堀にかかる要橋《かなめばし》の近くに極楽屋はあった。こんな人気《ひとけ》のない場所にどうして一膳めし屋があるのだと、訝《いぶか》しがられるほどの寂《さび》しい場所である。近くに店屋や人家はなかった。極楽屋のまわりは雑草の茂《しげ》った空き地になっていて、裏手は乗光寺《じょうこうじ》という古刹《こさつ》、右手は大名の抱え屋敷、左手と正面には掘割がとおっていた。極楽屋に行くには、正面の掘割にかかっているちいさな橋を渡るしかない。

土地の者は、極楽屋のことをひそかに地獄屋とか地獄宿と呼んで恐れ、滅多に立ち寄ることはなかった。それというのも、極楽屋の客筋は、無宿者、地まわり、兇状《きょうじょう》持ち、親に勘当されて行き場のない者など、いずれも世間に背をむけて生きている男たちばかりだったからである。

極楽屋は、平屋造りで長屋のように奥に長かった。そのとっつきに、縄暖簾《なわのれん》が下がっている。そこが一膳めし屋の極楽屋で、店の裏手は長屋のように仕切られた部屋がいくつもあった。極楽屋には行き場のない男たちが、寝泊まりする部屋もあったのである。そのため、地獄宿と呼ぶ者もいたのだ。

「さァ、旦那、入《へえ》ってくだせえ」

嘉吉が縄暖簾を手で分けて、平兵衛を先に入れた。

日中だというのに、店のなかは薄暗かった。土間には飯台が四つ並べられ、奥には障子を立てた小座敷があった。その小座敷にも、客を入れるのである。

店内には酒と食い物の匂い、男たちの温気《うんき》、それに莨《たばこ》の煙が立ち込めていた。飯台には、数人の男たちがいた。髭面《ひげづら》の半裸の男、袖をたくしあげた二の腕から入墨《いれずみ》が覗いている男、隻腕《せきわん》の男、頬に刀傷のある男……。いずれも、一癖《ひとくせ》も二癖もありそうな連中が、酒を飲んだりめしを食ったりしている。

平兵衛と嘉吉が入って行くと、店にいた男たちはいっせいに目をむけたが、

「安田の旦那、お久し振りで……」

と、赤ら顔で髭面の磯蔵《いそぞう》という男が声をかけた。他の連中も平兵衛に頭を下げ、挨《あい》拶《さつ》の言葉を口にした。極楽屋に出入りする男たちのほとんどが、平兵衛のことを知っ

ていたのである。

平兵衛が隅の飯台に腰を下ろすと、すぐに土間の奥の板場から大柄な男が下駄《げた》の音をさせて出てきた。極楽屋のあるじの島蔵である。島蔵は前だれで濡れた手を拭《ふ》きながら、平兵衛の前にきた。板場で、洗い物でもしていたらしい。

「安田の旦那、久しく顔を見せねえんで、どうしたのかと心配してましたぜ」

島蔵は、飯台を隔《へだ》てて平兵衛の前に腰を下ろした。

島蔵は五十代半《なか》ば、赤ら顔で、牛のようにギョロリとした大きな目をしていた。でっぷり太り、頬や顎の肉がたるんでいる。

「近くに、研いだ刀を届けに来たのでな。久し振りに親爺さんの顔を拝ませてもらおうと思い、立ち寄ったのだ」

平兵衛はふだん島蔵のことを元締めと呼んでいたが、店内に何人もの客がいたので、親爺さんと口にしたのだ。

島蔵は、この店で一膳めし屋の他に口入れ屋もいとなんでいた。口入れ屋は、下男下女、中間などの奉公人を斡旋《あっせん》するのが仕事だが、極楽屋は他の口入れ屋とはちがっていた。島蔵が斡旋するのは、危険な普請場の人足、借金取り、用心棒など、命を的にするような危ない仕事だけである。

そうした危険な仕事は、真っ当な男には敬遠される。ところが、極楽屋に住み着いているその日暮らしのごろつき連中には、ちょうどいい仕事だった。危ない仕事だが、金にはなる。

平兵衛たちが島蔵を元締めと呼ぶのは、島蔵が口入れ屋の斡旋をしていたからではない。島蔵には、もうひとつの裏の顔があったのだ。

島蔵は無宿人や兇状持ちなどに紹介する危ない仕事だけでなく、さらに危ない仕事、「殺し」をひそかに請け負《お》い、殺し人たちに斡旋していたのである。つまり、島蔵は殺し屋の元締めという裏の顔を持っていたのだ。

深川、本所《ほんじよ》、浅草界隈《あさくさかいわい》の闇の世界で、「この世に生かしておけねえ奴なら、殺しを地獄の閻魔《えんま》に頼め」とささやかれていた。

地獄は地獄屋、閻魔が島蔵である。島蔵の牛のような大きな目をした赤ら顔は、地獄の閻魔を連想させる顔でもあった。

「旦那、一杯やりやすかい」

島蔵が大きな目を細めて訊いた。

「そうだな、一杯だけもらうかな」

平兵衛は陽射しのなかを歩いてきたので喉が渇いたのだ。

「嘉吉、酒を頼むぜ。肴《さかな》は、鰯《いわし》の煮たのがある。それに、冷奴《ひややつこ》がいいな。どっちも、旦那の好物だ」

島蔵が言うと、脇に立っていた嘉吉が、すぐ、用意しやすぜ、と言い残し、板場にむかった。

「ここに来るとき、海辺橋の近くで殺された死骸《ほとけ》を見たよ」

平兵衛が小声で言った。

「そのようで……。梅助《うめすけ》がここに来るとき見たらしく、様子を聞いたんでさァ。それで、嘉吉を見にやらせやした」

島蔵が大きな目で平兵衛を見ながら言った。梅助は極楽屋に住み着いているひとりで、日傭取《ひようと》りをしている。

「親爺さん、下手人に何か心当たりがあるのか」

平兵衛が訊いた。島蔵がわざわざ嘉吉を見に行かせたとなると、極楽屋に何かかかわりがあるのかもしれない。

「心当たりはねえんだが、これで、仙台堀でひとが殺されたのは二度目なんでさァ。それで、ちょいと気になりやしてね。店も、忙しいときじゃァねえんで、嘉吉を見に行かせたんでさァ」

島蔵によると、半月ほど前に油問屋のあるじが斬り殺され、持っていた財布を奪われたという。

「わしは、下手人をふたりとみたがな」

平兵衛が小声で言った。

「ふたりですかい」

島蔵が驚いたように目を瞠《みひら》いたので、さらに目玉が大きく見えた。

「傷口を見てな。別々の者が斬ったとみたのだ」

平兵衛は死体の傷口の様子を話し、下手人のふたりは腕が立つことを言い添えた。

「安田の旦那が、言うならまちげえねえ」

島蔵が声をひそめて言った。

平兵衛は表向き、刀の研ぎ師ということになっていたが、江戸の闇世界では、人斬り平兵衛と恐れられた殺し人だったのである。

むろん、地獄屋には平兵衛の他にも腕のたつ殺し人がいる。島蔵はそうした殺し人たちを束《たば》ねる元締めであった。

「殺られたのは松田屋のあるじの藤右衛門と、もうひとりは伊助という大工らしい。伊助は、巻き添えを食ったのかもしれんな」

平兵衛は、辻斬りが伊助の懐を狙ったとは思えなかったのだ。

「松田屋の旦那が、殺られたんですかい」

島蔵が、驚いたような顔をした。島蔵は、藤右衛門のことを知っているようだ。もっとも、極楽屋と松田屋はそう遠くないので、知っていて当然かもしれない。

平兵衛と島蔵がそんなやり取りをしているところに、嘉吉が銚子と猪口《ちょこ》を持ってきた。猪口はふたつ、島蔵の分もある。嘉吉が気を利《き》かせたようだ。

「旦那、まず、一杯」

島蔵が銚子を取った。

「おお、すまんな」

平兵衛は猪口を取って、酒をついでもらった。

嘉吉は銚子を飯台の上に置くと、すぐに板場にもどった。肴を取りに行ったのだろう。

「ところで、元締め、今度のことでだれか動いているのか」

平兵衛が声をひそめて訊いた。元締め、と呼んだのは、殺し人が動いているのかという意味をこめたからである。

「いや、だれも……。いまのところ、町方の仕事だ」

島蔵が大きな目をひからせて言った。

4

極楽屋の縄暖簾を分けて、若い武士が入ってきた。地獄屋の殺し人のひとり、片桐《かたぎり》右京《うきよう》である。

右京は二十代後半、牢人である。面長で、切れ長の目をした白皙《はくせき》だが、その端整な顔にはいつも憂《うれ》いを含んだような表情があった。若くして、殺し屋という非情な稼業に身を置いているせいかもしれない。

店のなかは静かだった。男がふたり、隅の飯台でめしを食っていただけである。今日はいい日和《ひより》だった。四ツ（午前十時）過ぎということもあって、極楽屋の男たちは仕事に出ているようだ。

右京が店に入って行くと、足音を聞きつけたらしく、板場にいた島蔵が顔を出した。

「片桐の旦那、ようこそ」

島蔵は、愛想笑いを浮かべて近寄ってきた。島蔵にとっては、右京も平兵衛と同じように大事な殺し人であった。

「酒を頼むかな」

右京は刀を鞘ごと抜くと、腰掛け代わりの空き樽《だる》に腰を下ろし、刀を飯台に立て掛けた。

「へい、へい、肴は何にしやす。まだ、早《はえ》えんで、朝めしに出した煮染《にしめ》と冷奴ぐれえしかねえんだが……」

島蔵が腰をかがめながら言った。物言いが丁寧《ていねい》である。島蔵は元締めだが、右京が武士だったからである。

「冷奴をもらうか」

「承知しやした」

「ところで、島蔵、近くで材木問屋のあるじと手間賃稼ぎの大工が、辻斬りに殺されたそうだな」

藤右衛門と伊助が、殺されて五日経《た》っていた。右京は、殺された伊助が手間賃稼ぎの大工だと聞いていたのだ。

「辻斬りは、ふたりだそうですぜ。……安田の旦那が殺されたふたりの傷を見やしてね、材木問屋のあるじと、伊助を斬った下手人は別の男だと言ってやしたぜ」

島蔵が小声で言った。

「安田さんが、そう言ったのならまちがいないな」

右京は、平兵衛とふたりだけになると、義父上《ちちうえ》、と呼んでいた。平兵衛の娘のまゆみを嫁にもらい、いまいっしょに暮らしているからである。ただ、他人の前では、安田さんと呼んでいた。

「いま、酒を持ってきますよ。嘉吉が外に出てるんで、店にはおれしかいねえんでさァ」

島蔵は照れたような顔で言うと、板場にもどった。

待つまでもなく、島蔵は銚子と猪口、それに冷奴の入った小鉢を運んできた。

「まず、一杯《いっぺえ》」

島蔵が銚子を手にして、酒をつぎ始めたときだった。

戸口に近寄ってくる足音がした。だれなのか、すぐに店に入ってこないで、逡巡《しゅんじゅん》するように戸口で足踏みしている。

「用があるなら、入ってきな」

島蔵が声をかけた。銚子を手にしたまま、顔を戸口にむけている。

戸口から若い男が、おずおずと入ってきた。勇次である。ただ、島蔵も右京も、勇次のことは知らなかった。

勇次は蒼ざめた顔で、目をつり上げていた。思いつめたような表情のなかに、必死さがあった。

勇次は飯台を前にして空き樽に腰をかけている右京と島蔵を見ると、睨《にら》むような目をして近寄ってきた。

「どうしたい、極楽屋に何か用かい」

島蔵が声をかけた。

「こ、ここは、地獄屋と呼ばれている店か」

勇次が声を震わせて訊いた。

「いや、地獄じゃァねえ。極楽だ」

島蔵が苦笑いを浮かべ、まァ、そこへ、腰を下ろせ、と脇の空き樽を指差して言った。

島蔵は、若い男が何かのっぴきならない事情があって店にやってきたことを察知したようだ。

「おれ、聞いたことがあるんだ。……この世に生かしておけねえやつなら、殺しを地獄の閻魔に頼めって。親爺さんが閻魔だろう」

勇次が、島蔵を見すえながら訊いた。

「お、おい、閻魔などと、人聞きの悪いことを言うんじゃァねえ」

島蔵は慌てて言い、隅の飯台でめしを食っているふたりの男に、茂《しげ》、稔《とし》、奥で食え、と声をかけた。島蔵は店にいる男に、勇次の話を聞かせたくなかったのだ。

ふたりは、茂吉《しげきち》と稔助《としすけ》という名だった。茂吉たちは、すでにめしを食い終えていたので、茶をついだ湯飲みだけ手にして腰を上げた。

茂吉たちの姿が奥に消えると、

「おめえの名は」

と、島蔵が訊いた。

「ゆ、勇次。……辻斬りに殺されたのは、おれのおとっつァんなんだ」

勇次が、声を掠《かす》れさせて言った。胸に、父親を殺された悲しみと恨みが込み上げてきたのかもしれない。

「伊助というのは、おめえの親か」

島蔵が、事情が飲み込めたというふうにうなずいた。

「そ、そうだ。五日前、海辺橋のたもとで斬られちまったんだ」

勇次によると、やはり伊助は手間賃稼ぎの大工をしていたという。殺された日、深川佐賀《さが》町で米問屋の土蔵の棟上《むねあ》げがあり、伊助は振る舞い酒を飲み、さらに親方に佐賀町の飲み屋で一杯飲ませてもらった。そのために遅くなり、東平野《ひがしひらの》町にある長屋に帰る途中、辻斬りに襲われたという。

「それで、おれたちに何の用なんだ」

島蔵が、声をあらためて訊いた。

「お、おれ、おとっつァんの敵《かたき》が討ちてえんだ」

勇次が必死の面持《おもも》ちで言った。

「敵討ちだと」

思わず、島蔵が聞き返した。

「お、おれには、おとっつァんひとりしかいねえんだ。その大事な、おとっつァんを殺されちまったんだ。……おとっつァんを殺したやつは、この世に生かしておけねえやつなんだよ」

勇次が訴えるように言った。勇次の目に涙が溢《あふ》れていた。

「ほかに、家族はいねえのか」

「い、いねえんだ。……おれが餓鬼《がき》のころ、おっかさんは流行病《はやりやまい》で死んじまって……。おとっつァんとふたりで、暮らしてきたんだ」

勇次が涙声で言った。

「うむ……」

島蔵が分厚い唇を引き結び、ちいさくうなずいた。親を殺された勇次の無念が分かるのであろう。

「で、でも、ただ殺してもらうだけじゃァ嫌なんだ。おれは、敵討ちの助太刀《すけだち》をしてもらいてえんだ」

「敵討ちの助太刀だと！」

島蔵が驚いたように目を瞠《みひら》いた。鶉《うずら》の卵のような大きな目が、こぼれ落ちそうである。

「こ、これで、おれの助太刀をしてくれ」

勇次は懐に手をつっ込んで、巾着を取り出して飯台の上に置いた。

ガシャリ、と音がした。だいぶ入っているらしく膨らんでいるが、音の感じでは鐚《びた》銭《せん》が多いようだ。

島蔵は巾着を手にしてなかを覗くと、渋い顔をして、

「話にならねえ」

と言って、巾着を勇次の方に押しやった。

「これで足りねえなら、貸しておいてくれ。おれが働いて、借りは返《けえ》す」

勇次が向きになって言った。

「おめえ、仕事は何をしてるんだ」

島蔵が声をやわらげて訊いた。

「頼まれて、屋根葺きの手伝いをしてる」

「それで、おめえ、めしを食ったり、長屋の店賃《たなちん》を払ったりできるのかい」

今後、勇次は独《ひと》りで暮らしていかなければならないはずだ。島蔵は、そのことを慮《おもんぱか》ったのである。

「…………」

勇次の顔に、困惑したような表情が浮いた。店賃や毎日のめしのことまで、考えていなかったのかもしれない。

「長屋を出て、どこか行く当てはあるのか」

「ねえ……、行くところなんてねえ」

勇次が、いまにも泣きだしそうに顔をゆがめた。

「よし、長屋をひき払ってここに越してこい。おれが、ただで住まわせてやる」

島蔵が声を大きくして言った。

これが、島蔵のいいところである。殺し屋の元締めで、地獄の閻魔と恐れられる男だが、情が厚く、弱い者や困っている者に手を差し出さずにはいられないのだ。

「か、敵討ちは」

勇次は、住まいより敵討ちが気になるようだ。

島蔵が右京に目をやって、

「まァ、敵討ちは成り行きだな」

と、小声で言った。

5

月夜だったが、風があった。

深川佐賀町の大川端《おおかわばた》。川岸に植えられた柳の枝葉が、ザワザワと揺れている。町木戸のしまる四ツ（午後十時）ごろだった。大川端の通りに人影はなく、表店は大戸をしめて寝静まっていた。

大川の川面は月光を映じて青白くひかり、無数の波の起伏を刻みながら流れ、永代《えいたい》橋の彼方の深い闇のなかに呑まれている。

川岸の柳の樹陰に、ふたつの人影があった。彦造と総髪の牢人である。ふたりは、その場に身をひそめて金のありそうな男が通りかかるのを待っていたのである。ふたりが、仙台堀沿いの道で、藤右衛門と伊助を殺してから半月ほど過ぎていた。その後、二度ほど仙台堀沿いの道に身を隠して、獲物が通りかかるのを待ったが、暗くなると、ほとんど人が通らなくなった。辻斬りが出るとの噂がひろがったからである。それで、ふたりは河岸《かし》を変えたのだ。

ふたりが樹陰に立って小半刻（三十分）ほどしたとき、

「旦那、来やすぜ」

と、彦造が川上の方に目をやりながら言った。

大川の流れの音と風に柳が揺れる音に混じって、男の哄笑《こうしょう》が聞こえた。夜陰のなかに、かすかに人影も見える。

ふたりらしい。提灯は手にしていなかった。月明りのなかに、半纏と股引姿の男がぼんやりと見えた。飲んだ帰りかもしれない。ふたりは何やら声高にしゃべり、ときおり甲高《かんだか》い笑い声を上げた。

「だめだな。あいつらふたりを斬っても、一両にもなるまい」

牢人が渋い顔をして言った。

「ふたりの後ろからも来やすぜ」

大声で話しながらやってくるふたりの男の後方に、ぽつん、と提灯の灯が見えた。こちらに、来るようだ。

「後ろのやつを待とう」

牢人が言った。

酔ったふたりの男は下卑《げび》た笑い声を上げて、柳の樹陰にひそんでいるふたりの前を通り過ぎていった。

笑い声が遠くなり、ふたりの男の姿が闇のなかに消えていく。そのふたりと入れ替わるように、提灯の灯が近付いてきた。

「旦那、ふたりだ」

彦造が言った。

提灯の明りに、ふたつの人影がぼんやりと照らし出されていた。提灯を手にしている男は、小袖姿だった。大店の手代ふうである。もうひとりはあるじであろうか、縞物の小袖に角帯、羽織姿である。

「いい鴨だ」

牢人が口元に薄笑いを浮かべて言った。

提灯が風に揺れていた。それに合わせて明りも揺れ、ふたつの人影を掻き乱していた。

ふたりの男は、彦造たちが身を隠している柳の前に近付いてきた。

牢人が抜刀し、つづいて彦造も匕首を懐から取り出した。ふたりの手にした刀と匕首が、闇のなかでにぶくひかっている。

「いくぞ」

いきなり、牢人が樹陰から走り出た。彦造がつづく。牢人の手にした刀が月光を反射《はね》て青白くひかり、夜陰を切り裂いていく。

ギョッ、としたように提灯を手にした男が、立ちすくんだ。旦那ふうの男も、凍りついたようにつっ立った。

「つ、辻斬り！」

提灯を手にした男が、ひき攣《つ》ったような声を上げた。

提灯を手にした男は逃げなかった。いや、身が竦《すく》んで逃げられなかったのである。瘧《おこり》慄《ぶる》いのように激しく身を顫《ふる》わせている。

牢人が、刀を低い上段に構えて提灯を手にした男に迫っていく。

そのとき、旦那ふうの男が、

「た、助けて！」

と、悲鳴を上げ、バタバタと駆け出した。

旦那ふうの男の背後から、彦造が匕首を手にして追いかけた。俊敏《しゅんびん》な動きである。逃げる獲物を追う狼《おおかみ》のようだった。

タアッ！

牢人の鋭い気合とともに体が躍《おど》り、切っ先が槍穂のようにはしった。

次の瞬間、牢人の切っ先が、提灯を手にした男の喉をつらぬいた。稲妻《いなずま》のような突きである。

一瞬、男は身をのけ反らせ、その場につっ立った。手にした提灯が路傍《ろぼう》に飛び、地面に落ちて燃え上がった。その炎に、牢人とつっ立った男の姿が浮かび上がった。ふたりとも、動きをとめている。

提灯が燃えながら風に転がり、岸際の柳の幹に当たってとまった。炎が萎《しぼ》むように衰《おとろ》えていき、黒い幕を下ろすように夜陰が辺りをつつんでいく。

牢人が後ろに跳《と》びざま、男の首に刺さった刀身を引き抜いた。

ビュッ、と血が赭黒《あかぐろ》い筋をひいて夜陰に飛んだ。

男は悲鳴も呻き声も上げなかった。首筋から血を撒き散らしながら夜陰のなかに沈むように倒れた。

そのとき、ギャッ！　という絶叫がひびいた。月光のなかに、よろめいている旦那ふうの男の姿が浮かび上がった。

彦造は匕首を手にしたまま旦那ふうの男のそばに立っていた。彦造が匕首で、男を仕留めたらしい。

牢人は倒れている手代ふうの男のそばに屈むと、血濡れた刀身を男の袖で拭《ぬぐ》って納刀した。そして、倒れている男の懐から財布を抜き取った。

牢人は財布をひらいて月明りにかざして見たが、

「小銭ばかりだ」

と言って、すぐにとじてしまった。

「旦那、こっちには十二、三両入ってやすぜ」

彦造が、財布を手にして近付いてきた。旦那ふうの男の懐から抜き取ったようだ。

「おまえが仕留めた男が、あるじのようだ。おれの方は手代だろう」

牢人が言った。

「これだけありゃァ、しばらく遊べますぜ」

そう言って、彦造が財布の中身をつかみ出そうとしたときだった。

ふいに、背後で足音がした。それも、数人である。ハッとしたように、牢人と彦造が振り返った。人影が近付いてくる。それも、五人である。

五人の男は無言のまま牢人と彦造に迫ってきた。

「何者だ!」

牢人が鋭い声で誰何《すいか》した。通りすがりの者たちではないようだ。

五人の男は、牢人と彦造から十間ほど間をとって足をとめた。牢人の正面に立った男は、羽織に小袖姿だった。闇のなかで顔ははっきりしなかったが、大柄で、でっぷり太っている。

男の左手後方に、武士がふたりいた。小袖に袴《はかま》姿で二刀を帯《お》びていたが、牢人のようだ。身辺に荒《すさ》んだ感じがただよっている。右手後方には町人がふたり。小袖を裾高に尻っ端折りしていた。遊び人ふうである。

「財布には、いくら入ってましたな」

大柄な男が訊いた。笑ったのか、夜陰のなかに白い歯が見えた。大きな顔で、頬や顎の肉がたるんでいるように見えた。

左右にいる男たちは、無言で立っている。

「なに！　てめえら、見てたな」

彦造が声を荒立てて言い、懐に右手をつっ込んで身構えた。匕首を握ったらしい。

「まァ、いいところ、二十両ですかね。ふたりも殺して、二十両では割りに合いませんな」

大柄な男が低い声で言った。低いひびきのある声に、凄みがある。

「おまえらの知ったことではない」

牢人が言った。

「どうです、てまえがもっと割りのいい仕事を紹介しましょうか。おふたりの腕なら、ひとり五十両。いえ、相手によっては百両出してもかまいませんよ」

そう言うと、大柄な男がゆっくりと歩を寄せてきた。左右の四人も、同じように近付いてくる。

「ただの町人ではないようだが、何者だ」

牢人が、もう一度訊いた。

「名は稲左衛門《とうざえもん》、料理屋のあるじですよ」

大柄な男は名乗ってから、

「お侍さまのお名前は」

と、訊いた。どうやら、大柄な男に正体を隠す気はないようだ。それに、牢人と彦造に敵意もないらしい。

「渋谷重三郎《しぶやじゅうざぶろう》。牢人だ」

牢人が名乗ると、脇に立っていた彦造も名乗った。

「どうです、そこらの料理屋で一杯やりながらご相談しませんかね。……なに、てまえの話が気に入らなければ、それまでしてね。おふたりは、これまでどおり、好きなようになされればいい」

稲左衛門が、口元に笑みを浮かべて言った。

## 6

平兵衛は研ぎ場に腰を下ろし、錆《さび》の浮いた刀を研いでいた。研ぎ場といっても、長屋住まいだったので、八畳の部屋の一角を板張りにし、屏風《びょうぶ》でかこっただけである。

平兵衛が本所相生町《あいおいちょう》の庄助店《しょうすけだな》に研ぎ師という触れ込みで住むようになって十数年経つ。三年前までは、娘のまゆみとふたり暮らしだったが、まゆみが右京に嫁《とつ》いでからは、ひとり暮らしをつづけていた。

平兵衛は研ぎ桶を前にして腰を下ろし、左足の先で踏《ふ》まえ木《ぎ》を押さえていた。踏まえ木は、砥石《といし》を押さえるための木片である。

砥石に水を垂らし、刀身を水平に当てると、上体をすこし前に折るようにして刀身を押し出した。

刀身の赤茶けた錆が、砥石に垂らした水のなかにひろがっていく。一研ぎごとに、刀身は身にまとっていた汚れた衣類を脱《ぬ》ぐように綺麗な肌をあらわにしてくる。

小半刻（三十分）ほども研いだだろうか。平兵衛は戸口に近寄るひとの気配を感じて研ぐ手をとめた。

近付いてきた足音が戸口の前でとまり、コトリとちいさな音がした。

平兵衛は研ぎかけの刀を脇に置いて腰を上げた。そして、研ぎ場をかこった屏風越しに戸口に目をやったが、だれもいない。戸口の向こうで、去っていく足音がかすかに聞こえた。

……元締めからの知らせかもしれぬ。

平兵衛は、研ぎ場から出て戸口にむかった。

土間に目をやると、折り畳んだ紙片が落ちていた。だれか、腰高障子の破れ目から入れていったらしい。

すぐに、平兵衛は土間に下り、紙片を手にしてひらいてみた。

……十八夜、笹。

とだけ、記《しる》してあった。何度も目にした島蔵からの殺しの依頼である。

十八は、四、五、九《じごく》。地獄屋の島蔵をあらわす符号である。笹は、笹屋《ささや》というそば屋のことだった。島蔵は、殺しの依頼のとき、極楽屋ではなく、笹屋を使うことが多かったのだ。つまり、これだけの文字のなかに、今夜、殺しの依頼をしたいので、笹屋に集まってくれという意味が含まれていたのである。

笹屋のあるじは松吉《まつきち》。島蔵の息のかかった男で、島蔵が殺し人たちのことも承知で店を使わせていた。

……まァ、行くだけ行ってみるか。

平兵衛は老いたせいもあって、よほどでなければ殺しの仕事を請ける気になれなかったのだ。

八ツ半（午後三時）ごろだった。笹屋に出かけるのはまだ早かったので、平兵衛は一刻（二時間）ほど刀を研いでから家を出た。

長屋の路地木戸の方へ歩きかけたとき、

「あら、旦那、お出かけかい」

と、後ろで女の声が聞こえた。長屋の斜向《はすむ》かいに住むおしげである。

おしげは寡婦だった。おまきという娘とふたりで暮らしていたのだが、おまきが下駄屋の倅に嫁いでから、独り暮らしをつづけていた。

おしげの境遇は、平兵衛にそっくりだった。それに、独り暮らしは寂しいらしく、何かにことよせては、平兵衛のところに話しに来るのだ。むろん、おしげは、平兵衛が凄腕の殺し人などとは夢にも思っていない。

「研ぎの師匠《ししょう》のところにな」

平兵衛は、適当な話をした。

「帰りは遅いのかい。なに、煮染をよぶんに作ったんでね。旦那のところへ、とどけようと思ってたんだよ」

おしげは、男やもめの平兵衛を気遣って、煮染、漬物、それに握りめしなどを時々持ってきてくれた。むろん、そうした物をとどけることを口実に、平兵衛のところに腰を落ち着けて話したい気持ちもあるようだ。

「今日は、遅くなるかもしれん。……おしげさん、明日の朝いただけるとありがたいのだがな。なにせ、おしげさんの作る煮染はうまいからな」

世辞ではなかった。おしげの味付けはなかなかのもので、煮染だけでなく他の惣菜《そうざい》もうまかった。

「そうするよ。明日の朝、持っていくからね」

「頼む」

平兵衛は、おしげに見送られて長屋の路地木戸をくぐった。

笹屋は小名木川《おなぎ》にかかる万年橋《まんねん》のたもとにあった。平兵衛が笹屋の暖簾をくぐると、戸口近くにいた女中のお峰《みね》が、下駄を鳴らして近寄ってきた。

「安田さま、みなさん、お待ちですよ」

お峰は平兵衛と顔見知りだった。平兵衛だけでなく、島蔵や右京のことも知っている。むろん、お峰は平兵衛や島蔵たちを殺し人や元締めなどとは思っていない。島蔵たちは俳句の愛好家で、句会の打ち合わせのために笹屋に集まるということになっていた。あるじの松吉も、店の者たちにそう言っていたのである。

「二階かな」

平兵衛たちは、他の客のいない二階の座敷を使うことになっていた。

「はい、いつものお二階ですよ」

お峰は、平兵衛を二階の座敷に案内してくれた。

すでに、二階には島蔵をはじめ地獄屋に出入りする者たちが集まっていた。

元締めの島蔵。

殺し人の右京、朴念《ぼくねん》、深谷《ふかや》の甚六《じんろく》、それに屋根葺き職人の孫八《まごはち》。孫八だけは、殺し人と手引き人をかねていた。

手引き人は、嘉吉と峰次郎《みねじろう》のふたりである。手引き人が足りなくなれば、島蔵が極楽屋で暮らしている男たちのなかから、手引き人ができそうなのを選んで手伝わせることもあった。

殺しにかかわる者は、殺し人と手引き人とがいた。殺し人は殺しの実行者で、手引き人は殺し人が仕掛けやすいように狙った相手の素性《すじょう》を探ったり、殺しの場に相手を誘い出したりする。

「すまん、遅れたようだな」

平兵衛は座敷に入ってきながら頭を下げた。

「安田の旦那、ここに座ってくれ」

島蔵を自分の脇のあいている座布団に平兵衛を座らせた。

一同が集まったところで、松吉とお峰が酒肴の膳を運んできた。ふたりは、膳を並べ終えると、何かあったら知らせてくださいよ、と松吉が言い残し、すぐに階下にもどってしまった。松吉は、これから島蔵たちがどんな話をするか知っていて、邪魔をしないように気を使ったのである。

7

座敷に集まった男たちが酒をつぎ合い、いっとき喉を潤《うるお》した後、

「今日、集まってもらったのは、仕事の話だ」

島蔵が、声をあらためて切り出した。

「ありがてえ……。懐が寂しくなっていてな、これ以上、元締めから話がなかったら押し込みでもやろうかと思っていたところだ」

朴念がニタリと笑った。丸顔が酒気を帯びて赭黒く染まっている。

朴念は巨漢で、坊主のように頭を丸めていた。黄八丈の小袖に、黒羽織姿で町医者のような身装《みなり》をしている。ときには、法衣に身をつつんで雲水に化《ば》けることもあった。

朴念は手甲鈎《てっこうかぎ》の名手で、強力の主でもあった。巨漢の全身が鋼《はがね》のような筋肉で覆《おお》われている。巨熊のような体付きだが、女子供にも怖がられるようなことはなかった。憎めないひょうきんな顔をしていたのだ。丸顔で蛸《たこ》のような頭、糸のように細い

目、小鼻の張った大きな鼻をしている。その上、いつもニタニタ笑っているのだ。

手甲鈎は手に嵌《は》めて握ると鉄の輪が手の甲を覆い、長い四本の鈎が爪のように伸びる武器である。朴念は手甲鈎を手に嵌めて、鈎で狙った相手を引き裂いたり、鉄の輪で殴り殺したりするのだ。

朴念とは妙な名だが、本名ではない。朴念によると、旅の武芸者に手甲鈎の指南を受けたとき、おまえは朴念仁《ぼくねんじん》だと言われ、その後、朴念を名乗っているという。

「おい、朴念、押し込みはだめだ。町方を敵にまわすと、おれたちの商売はやりづらくなるからな」

島蔵が渋い顔をして言った。

「元締め、冗談《じょうだん》だよ」

朴念は手にした猪口の酒をうまそうに飲み干し、ニタニタと笑っている。

「それで、どんな話ですかい」

甚六が訊いた。

「このところ、深川で辻斬りがあいついで商家の旦那を襲い、斬り殺して金を奪っているのを知っているな」

島蔵が、ギョロリとした目で男たちを見まわして言った。

朴念が声を上げると、平兵衛や右京たちもうなずいた。

「その辻斬りを始末してほしいそうだ」

「元締め、そいつは町方の仕事だ」

と、甚六。

「町方の仕事だとは、承知している。だが、殺された者の家族は、町方が信用できねえようだ。それに、敵討ちとまではいかないが、自分たちの手で何かして恨みを晴らしたい気持ちもあって、肝煎屋《きもいりや》のところに話を持ち込んだのだ」

肝煎屋というのは、つなぎ屋とも呼ばれる殺しの斡旋人である。島蔵の住む地獄屋に直接殺しの話を持ってくる者は、まずいない。闇の世界に棲む者は別だが、江戸市中に住む真っ当な者たちは、極楽屋が地獄屋と呼ばれる殺しの元締めの店だとは知らなかった。もっとも、知られているようでは、すぐに町方の手が入ることになり、殺し屋の元締めなどやっていられないだろう。

そこで、多くの場合、殺しを依頼したい者は、ひそかに肝煎屋に話すのだ。その肝煎屋も表向きは料理屋や船宿などをやっていて、その土地の岡っ引きにさえ、肝煎屋であることを気付かれてはいない。

多くの場合、殺しを頼みたい者が闇の世界の者から話を聞いて知るか、肝煎屋の方で、あの者は殺しを頼みたい気があるようだ、と察知してひそかに接触するかである。

地獄屋に出入りしている肝煎屋は、吉左衛門《きちざえもん》という男だった。

吉左衛門は、柳橋《やなぎばし》で一吉《いちよし》という料理屋をいとなんでいた。一吉を始めるまでは、盗賊の頭だったが老齢を理由に隠居し、盗んだ金を元手に料理屋を始めたのである。江戸の闇の世界で長年生きてきた吉左衛門には、むかしの手下や地まわりなどに顔見知りがいて、そういう連中の話から殺しを依頼したい者を嗅《か》ぎ出し、ひそかに接触して島蔵につなぐのである。

「肝煎屋に頼んだのは、だれです」

右京が訊いた。静かな声だった。表情も、まったく変わらない。

右京は御家人の冷や飯食いだったが、その実、鏡新明智流《きようしんめいち》の達人で、凄腕の殺し人であった。

「ふたりだ。ひとりは、海辺橋のちかくで殺された藤右衛門の倅の益之助《ますのすけ》。もうひとりは、十日ほど前、佐賀町の大川端で殺された油問屋、相模屋《さがみや》の倅の恭次郎《きようじろう》だ」

島蔵が吉左衛門から聞いた話によると、大川端で斬り殺されたのは相模屋の旦那の豊蔵《とよぞう》と手代の百吉《ももきち》だった。ふたりは、柳橋で商談のために飲んだ帰り、佐賀町にある自分の店に帰る途中、辻斬りに襲われたという。

「松田屋と相模屋の倅にすれば、町方にまかせておけなくなったのだろうな。それに、今後のこともある、ふたりの倅が、それぞれ店を継《つ》ぐことになるだろうが、辻斬りを野放しにしておけば、陽が沈んだ後、自分たちも店から出られなくなるからな」

「それで、殺し料は」

朴念が訊いた。

「ひとり二百両、ふたりで四百両だ。まァ、松田屋と相模屋で、二百両ずつ出すことになるだろうよ」

島蔵がそう言ったとき、黙って話を聞いていた平兵衛が、

「辻斬りは、ふたりだとはっきりしたのか」

と、訊いた。

「はっきりしたようでさァ。佐賀町の大川端で相模屋のふたりが殺られたとき、遠くから見ていた者がいたようでな。そいつが言うには、辻斬りは刀を差した侍と遊び人ふうの男のふたりだったそうだよ」

「刀を差した侍だがな、槍を持っていたのか」

平兵衛が訊いた。遠くからでも、侍が手にしていた武器が、槍か刀かぐらいは識別できるだろう。

「刀で斬りつけたと話したらしいですぜ」

「刀か……」

それだけ言うと、平兵衛は口をつぐんだ。

いっとき、座は沈黙につつまれたが、島蔵が、

「実は、もうひとり依頼人がいるのだ」

と、苦笑いを浮かべて言った。

「だれだい」

甚六が訊いた。

「それが、勇次ってえ餓鬼なんだ。海辺橋のちかくで、松田屋のあるじが殺されたとき、巻き添えをくって伊助ってえ手間賃稼ぎの大工が殺された。勇次は伊助の倅だよ」

「元締め、かまわねえよ。どうせ、辻斬りふたりを殺るんだ」

と、朴念。

「それが、勇次は親爺の敵を討ちてえ、と言ってな、極楽屋に住み着いたのだ」

島蔵が首をすくめて戸惑《とまど》うような表情を浮かべた。

「敵討ちだと」

甚六が声を大きくした。その場に集まっていた孫八や峰次郎の顔にも驚きの色が浮いている。

「い、いや、辻斬りふたりのうちひとりでいい。そいつを殺るとき、勇次を連れていってちょいと見せてやれば気が済むだろうよ。……無理にとは言わねえ。それに、嘉吉の下で手引きの仕事を手伝わせてもいいんだ」

島蔵が慌てて言いつくろった。

そのとき、右京が、

「勇次が極楽屋に来たとき、わたしも話を聞いたのだが、手引きなら遣えるんじゃァないかな」

と、小声で言い添えた。

すると、朴念や甚六も納得し、勇次のことは島蔵にまかせることになった。

「それで、この殺しだが、だれが請けてくれる」

島蔵が声をあらため、殺し人たちに視線をまわして訊いた。

「おれは、やる」

朴念が言うと、

「おれも、やるぜ」

と、甚六がつづいた。

「安田の旦那と片桐の旦那は」

島蔵が、平兵衛と右京に訊いた。

「わたしも、請けよう」

右京が言った。

「わしは、遠慮しとこう。相手はふたりだ。三人で十分だろう」

平兵衛は、他にやる者がいれば身を引くつもりできていたのだ。

「よし、これで、決まった。今夜は、ゆっくり飲んでくれ」

島蔵が銚子を手にして声を上げた。

それから一刻(二時間)ほどして、平兵衛と右京はいっしょに笹屋を出た。店の外は夜陰につつまれていたが、満天の星で頭上には月が皓々《こうこう》と輝いていた。松吉は、提灯を用意したが、平兵衛たちは断って大川沿いの通りに出た。

ふたりは川上にむかって歩いた。右京の住む長兵衛店《ちょうべえだな》は神田岩本町《かんだいわもと》で、両国橋《りょうごく》を渡った先なのだ。

「右京、尋常《じんじょう》な相手ではないぞ」

歩きながら、平兵衛が小声で言った。闇にむけられた双眸《そうぼう》が、うすくひかってい
る。老いた研ぎ師でなく、人斬り平兵衛と恐れられている殺し人の顔である。

「…………」

「わしは、殺された藤右衛門の傷を見たのだがな。あれが刀傷だとすると、尋常な相
手ではない」

「どのような傷でした」

「盆の窪から喉まで、一刺しだ。あれが刀だとすると、辻斬りのひとりは突きを得意
としているようだ。それも、尋常な突き技ではあるまい。かわすのは、至難かもしれ
ん」

「……！」

右京の顔にけわしい表情が浮いた。

「右京、迂闊《うかつ》に仕掛けるなよ。まず、相手の技と腕のほどを見極めてからだ」

「はい」

右京が闇を見すえたままうなずいた。

# 第二章　剝《は》がしの稲左《とうざ》

## 1

カツ、カツ、と下駄の音がした。だれか、戸口に近付いてくるようだ。下駄の音に、慌てたようなひびきがある。

五ツ（午前八時）を過ぎていた。平兵衛は朝めしを終え、茶を飲みながら、そろそろ仕事にかかるか、と思い、腰を上げようとした矢先だった。

下駄の足音は戸口でとまり、

「安田の旦那、いますか」

と、おしげの声がした。いつもと違って、甲高《かんだか》いひびきがある。

「いるぞ、入ってくれ」

平兵衛が声をかけると、すぐに腰高障子があき、おしげが顔を出した。顔がいくぶん紅潮していた。急いで来たせいらしい。

「どうしたのだ、なにかあったのか」

平兵衛が訊いた。

「ひ、ひとが、殺されてるそうだよ」

おしげが声をつまらせて言った。

「長屋の者でも殺されたのか」

「ちがうよ。重野屋《しげのや》の番頭さんらしいんだ」

「重野屋というと、本所松井町《まついちょう》にある材木問屋ではないのか」

松井町は、庄助店のある相生町と竪川《たてかわ》を隔てた対岸にひろがっている。平兵衛は、松井町に重野屋という材木問屋があるのを知っていた。

「その重野屋の、伊蔵《いぞう》さんというひとらしいよ」

「わしは、町方ではないからな。重野屋の番頭が殺されても、かかわりはないのだがな」

「それが、旦那、殺された場所に片桐さまが来ているらしいんだよ」

おしげが身を乗り出すようにして言った。おしげは、娘のまゆみが右京と所帯を持っていることを知っていた。右京も、ときおり庄助店に顔を出していたので、おしげとは顔馴染《なじ》みでもある。

「右京が来ているのか」

「ぼてふりの智《とも》さんが、木戸のところで話してるのを聞いたんだよ」

智さんというのは、長屋に住む智助《ともすけ》という男である。ぼてふりで、本所界隈を売り歩いている。

「行ってみるか。……それで、場所を聞いているのか」

平兵衛は、右京が来ているなら、今度の殺しの件と何かかかわりがあるのかもしれないと思った。

「二《ふた》ツ目《め》橋を渡って、すぐのところらしいよ」

二ツ目橋は竪川にかかっていて、庄助店からすぐである。

「近いな」

平兵衛は土間に下りた。

「安田の旦那、気をつけておくれよ」

そう言って、おしげが平兵衛を送り出した。

……なんだ、おしげのやつ、女房のような物言いではないか。

平兵衛は、路地木戸に向かいながら、苦笑いを浮かべた。

日和《ひより》がいいせいか、竪川沿いの通りは人通りが多かった。ぼてふり、風呂敷包みを背負った行商人らしい男、町娘、長屋の女房らしい女などが行き交《か》っている。

　竪川沿いの道を東に数町歩くと、二ツ目橋のたもとに出た。橋を渡りながら、対岸に目をやると、川岸近くに人だかりができていた。遠方で分からないが、そのなかに右京もいるのだろう。

　橋のたもとまで行くと、右京の姿があった。右京だけでなく、孫八の姿もあった。ふたりは、集まった野次馬たちの間から、川岸の叢《くさむら》に目をやっている。そこに、殺された伊蔵が横たわっているのだろう。

　人垣のなかに、八丁堀《はっちょうぼり》同心の姿もあった。背をむけていたので、顔は見えなかったが、黄八丈の小袖を着流し、羽織の裾を帯に挟む巻き羽織と呼ばれる格好をしているので、それと分かった。

　平兵衛は右京たちの後ろへまわり、右京、と声をかけた。右京の横顔が、いつになくけわしかった。

「安田さん、ともかく見てください」

　そう言って、右京は脇にいた孫八の方に身を寄せ、平兵衛の前をあけた。

　川岸近くの叢のなかに、黒羽織と縞柄の小袖を着た男が仰向けに倒れていた。目を瞠《みひら》き、口をあんぐりあけたまま死んでいる。首筋が血に染まり、周囲の叢に小桶で撒いたように血が飛び散っていた。

……同じ手だ！

平兵衛は胸の内で声を上げた。

海辺橋の近くで見た藤右衛門の傷とそっくりである。下手人は、刀で喉を突いて伊蔵を仕留めたようだ。おそらく、盆の窪に突き抜けるような一撃だったにちがいない。

「安田さん、どうみます」

右京が小声で訊いた。

「ともかく、この場を離れよう」

平兵衛たちのまわりには、野次馬が大勢集まっていた。小声で話しても、聞かれてしまうだろう。

平兵衛たち三人は二ツ目橋を渡りかけ、橋上で足をとめた。欄干《らんかん》に手を乗せ、川面を見るような格好で、

「藤右衛門と同じ手だな」

平兵衛が切り出した。

「また、ふたり組が動き出したってことですかい」

孫八が小声で言った。橋を渡る通行人の耳にとどかないよう気を使ったようだ。

平兵衛たちが、笹屋で辻斬りのふたり組を始末する相談をしてから、半月ほど過ぎていた。この間、まったく辻斬りは姿を見せなかったのである。

「今度は、ひとりだな」

平兵衛が言った。

「それに、番頭ですぜ。いままでは、大店のあるじを狙ってやしたぜ」

孫八が腑《ふ》に落ちないような顔をした。

孫八は四十半ば、動きが敏捷で匕首を巧《たく》みに遣う。屋根葺きという仕事がら、屋敷内の侵入や探索、それに尾行にも長《た》けていた。そうしたことがあったので、孫八は、殺し人と手引き人をかねていたのである。

「辻斬りは、あるじと番頭の区別がつかなかったのかもしれんぞ」

平兵衛が言った。

「それに、妙ですぜ。番頭ひとりで、どこへ行ったんですかね」

「ここは店と近い。何か所用があって、ひとりで店を出たのではないかな」

平兵衛たちが、そんなやり取りをしていると、人だかりができている辺りから、「重野屋の奉公人たちだ」、「おい、前をあけてやれ」などという声が聞こえてきた。

見ると、商家の奉公人らしい男が七、八人、人垣の方へ小走りに近付いてくる。なかに、戸板や丸めた莫蓙《ござ》などを持っている者もいた。

「重野屋の奉公人のようですぜ」

孫八が言った。

「死骸《ほとけ》を引取りに来たようだな」

駆け付けた男たちのなかの番頭と思われる年配の男が、八丁堀同心のそばに行きなにやら話していた。重野屋ほどの店になると、番頭もひとりではないのだろう。番頭は、死体を引き取りたい旨《むね》を話しているにちがいない。

「孫八、重野屋で聞き込んでくれんか」

平兵衛は、辻斬りのことで何か知れるかもしれないと思ったのだ。

「ようがす」

そう答え、孫八は平兵衛に顔をむけて、

「安田の旦那も、今度の殺しに乗り出す気になったんですかい」

と、訊いた。

「い、いや、その気はない。暇だから、右京の手伝いでもと思っただけだ」

平兵衛が慌てて言った。

2

孫八は、松井町の竪川沿いの通りを歩いていた。重野屋を探ってみようと思ったのである。まず、探ることは、殺された番頭の伊蔵がたまたま夜ひとりで歩いていて辻斬りに襲われたかどうかだった。もし、そうなら、重野屋をいくら探っても辻斬りとのかかわりは出てこないだろう。

孫八は、とりあえず重野屋の前まで行ってみた。重野屋は六間堀《ろっけん》にかかる松井橋の手前にあった。その橋は、六間堀が竪川とつながる場所にあり、竪川沿いの道とつながっている。

……なかなかの店だ。

と、孫八は思った。

土蔵造りの二階建ての店の脇に材木をしまう倉庫が二棟あり、裏手には土蔵もあった。

店先には、印半纏を羽織った重野屋の奉公人、船頭、大工、そうした男たちが、出入りしていた。

番頭の伊蔵が殺されて三日目だが、店はふだんどおり商売をやっているようだ。番頭ということもあって重野屋で密葬したのか、それとも遺体は番頭の実家に引き取られて埋葬されたのか。いずれにしろ、商売は休まずつづけていたらしい。

孫八は、だれかに話を聞いてみようと思いながら、店の前を通りかかったが、話の聞けそうな者はいなかった。奉公人たちは、いそがしそうに立ち働いていて、足をとめさせて話を聞くわけにもいかなかった。それに、岡っ引きでもない孫八が、迂闊《うかつ》に番頭殺しについて訊けなかったのだ。

店先を通り過ぎて、竪川沿いの道を半町ほど歩いたところに桟橋《さんばし》があった。数艘《すうそう》の猪牙舟《ちょきぶね》が舫《もや》ってあり、竪川の流れに揺れていた。船頭がふたりいた。重野屋の印半纏を着ている。重野屋に奉公している船頭かもしれない。

ふたりは船梁《ふなばり》に腰をかけ、煙管《きせる》を手にして一服していた。重野屋に船で材木を運んできて、一仕事終えたところかもしれない。

孫八は、ふたりに話を聞いてみようと思い、桟橋につづく短い石段を下りた。

「ちょいと、すまねえ」

孫八は桟橋に立ち、近くの舟にいた船頭に声をかけた。

「おれかい」

船頭が、孫八に顔をむけた。丸顔で赤銅色の肌をした四十がらみの男だった。手にした煙管の雁首《がんくび》から白い煙が流れ、川風に散っていく。

「訊きてえことがあってな」

孫八は、男の乗る舟にさらに近付いた。

「何が訊きてえ」

そう言って、船頭は船縁《ふなべり》に雁首をたたいた。吸い殻が川面に落ち、ジュッというかすかな音をたてたが、すぐに水面に四散して掻き消えた。

「おめえさんは、重野屋で奉公してるのかい」

「そうだが」

船頭の顔に訝しそうな表情が浮いた。

「三日前に、番頭さんが殺されたそうだが、知ってるかい」

重野屋に奉公している船頭なら知らないはずはないが、孫八はそう切り出した。

「知ってやすが、親分さんですかい」

船頭が首をすくめながら訊いた。孫八のことを岡っ引きと思ったようだ。

「そうじゃァねえ。おれは、屋根葺きよ」

孫八は、紺の腰切半纏《こしきりばんてん》に股引姿だったので、屋根葺きに見えるはずだった。

「伊蔵さんには、むかし世話になったことがあってな。……それが、この辺りで辻斬りに斬られたって聞いたもんで、どうしたのかと思って浅草から足を運んできたのよ」

孫八の住む深川入船町《いりふねちょう》では近すぎるので、すこし遠くから来たことにしておいた。

「まったく、ひでえ話さ。淀屋《よどや》からの帰りがけに、バッサリだ」

船頭が顔をしかめた。

「淀屋というと」

「柳橋にある料理屋だよ」

「料理屋の淀屋か」

孫八は淀屋を知っていた。料理屋や料理茶屋の多い柳橋でも、名の知れた老舗《しにせ》の料理屋である。

「番頭がひとりで、淀屋に行ったのかい」

孫八は、信じられないといった顔付きをした。材木問屋の番頭が、ひとりで淀屋のような店に飲みにいくとは思えなかったのだ。

「おれも詳しいことは知らねえが、店に揉《も》め事があってな。その談判のために、番頭さんが出かけたようだぜ」

「どんな、揉め事だい」

孫八は気になった。

「そこまでは知らねえよ」

そう言って、船頭は二艘先の舟にいた船頭に、助造《すけぞう》、おめえも知らねえだろう、と声をかけた。近くにいたので、助造と呼ばれた船頭の耳にも、孫八と船頭のやり取りはとどいていたようだ。

「知らねえ」

すぐに、助造が答えた。

「それで、揉め事の相手はだれだい」

さらに、孫八が訊いた。

「知らねえよ。……おめえ、やけにしつっこいじゃァねえか。何か魂胆《こんたん》があって訊いてるのか」

船頭の顔に警戒するような色が浮いた。

「そうじゃァねえ。いってえ、番頭さんを殺したのは、だれかと思ってよ。訊いてみたんだ」

「辻斬りだそうだよ。このところ、界隈で何人も殺《や》られているんだ。下手人はそいつらしいや。……親分さんたちが探っているようだが、つかまりゃァしねえよ」

そう言うと、船頭は莨入れを取り出し雁首に莨をつめ始めた。

孫八は船頭から聞くのもこれまでだと思い、

「邪魔したな」

そう言い残し、桟橋から川沿いの通りへもどった。

……次は淀屋だな。

と、孫八はつぶやいた。淀屋なら、番頭がだれと会っていたか知っている者がいるはずである。

3

孫八は桟橋から竪川沿いの通りへ出ると、柳橋に足をむけた。淀屋に行って、番頭がだれと会っていたか訊いてみようと思ったのだ。

陽は頭上にあった。初夏の陽射しが川沿いの道に照り付けている。歩いていると、汗が浮いてきた。風がなく、竪川の川面が強い陽射しを映じて油を流したようににぶくひかっている。

孫八は竪川にかかる一ツ目《ひとめ》橋を渡り、両国橋の東の広小路に出た。広小路は、たいへんな賑《にぎ》わいを見せていた。様々な身分の老若男女が行き交っている。

孫八は人混みのなかを縫《ぬ》うように歩き、両国橋を渡った。渡った先が西の広小路で、さらに人出が多く混雑していた。

孫八は混雑のなかを右におれ、神田川にかかる柳橋を渡った。渡った先は平右衛門《へいえもん》町だが、このあたりが橋の名にちなんで柳橋と呼ばれる地である。料理屋や料理茶屋などが多く、花街として知られていた。

孫八は大川端の通りをいっとき歩いてから右手におれた。通り沿いには、料理屋、料理茶屋、置屋などが並び、花街らしい華やかな雰囲気につつまれている。

……たしか、淀屋はこの辺りだったな。

孫八は、通り沿いの店に目をやりながら歩いた。孫八は淀屋に入ったことはなかったが、店の前を何度か通ったことがあったのだ。

……あの店だ。

右手に、見覚えのある店があった。

淀屋である。戸口に飛び石があり、右手にはつつじの植え込みと籬《まがき》が配置してあった。格子戸がたてられた脇の掛《か》け行灯《あんどん》に、淀屋の名が記してあった。老舗の料理屋らしい落ち着きと華やかさがある。

店先に暖簾は出ていたが、店のなかはひっそりとしていた。客はこれからなのだろう。

孫八は、歩調をゆるめて店の前を歩きながら、さて、どうしたものかと思った。屋根葺き職人の格好で来ていたので、店に入って訊いても、まともに相手にされないだろうと思った。

淀屋につづく店の前を通り過ぎたとき、右手に入る細い路地が目にとまった。淀屋の裏手につづいているらしい。

孫八は路地に入ってみた。路地は、表通りに並ぶ店の裏手につづいていた。その路地を使って、店の裏手からも出入りできるようになっているらしい。おそらく、店の板場に勤《つと》める者や、酒、食材などをとどける業者などが出入りする場になっているのだろう。

……ここで、待つか。

孫八は、淀屋と隣の店の間に立って、話の聞けそうな者が淀屋の裏口から出てくるのを待つことにした。

そこは、薄暗くじめじめして嫌な臭いがした。悪臭は、近くに芥溜《ごみため》があるせいらしい。

孫八が、その場に立って半刻（一時間）ほど過ぎた。ひとりだけ、三十過ぎと思われる痩《や》せた女が、淀屋の裏口から入っていっただけで、他に出入りした者はいなかった。

陽は西の空にまわっていた。通りに並んだ店の間から射し込んだ西陽が、路地に大小のひかりの筋をひいている。

無駄骨か、と孫八が思い始めたときだった。裏口の引き戸があいて、女が一人出てきた。しばらく前に淀屋に入った痩せた女である。女は襷《たすき》で両袖を絞り前だれをかけていた。板場を手伝っている女中らしい。

女は笊《ざる》をかかえて孫八の立っている方へ近付いてきた。笊のなかには、料理に使った野菜の切り屑《くず》が入っているようだ。芥溜に、捨てにきたらしい。

孫八は、芥を捨てている女の脇に近付き、

「姐《あね》さん、すまねえ」

と、声をかけた。姐さんと呼ぶような女ではなかったが、孫八はそう声をかけたのである。

「だ、だれだい、おまえさん」

女は驚いたような顔をして孫八を見た。目に怯《おび》えたような色がある。突然、見ず知らずの男が近付いてきて声をかけたからであろう。

「いや、驚かしちまってすまねえ。なに、てえしたことじゃァねえんだ。おめえさんが淀屋から出てきたのを見かけてな。ちょいと、訊いてみようと思ったのよ」

孫八は笑みを浮かべて言うと、すぐに懐から巾着を取り出し、波銭を何枚かつまみ出して野菜屑を捨ててからになった笊のなかに入れてやった。

「なにが、訊きたいんだい」

女の目から怯えたような色は消えていた。孫八のことを悪い男ではないと思ったのかもしれない。それに、袖の下が利いたのだろう。

「三日前《めえ》の話だが、重野屋の番頭さんが殺されたのを知ってるかい」

孫八が訊いた。

「知ってるよ。……うちの店で飲んだ帰りに殺されたらしいね。親分さんが来て、話してたよ」

女が急に声をひそめた。

「番頭さんが店に来たときの様子を話してもらいてえんだがな」

「あんたも、親分さんかい」

女が訊いた。

「おれは見たとおりの屋根葺きよ。……重野屋の材木小屋の屋根を葺くときに、番頭さんにえらく世話になったことがあってな。せめて、だれが番頭さんを殺ったのか知りてえと思ったのよ」

「だって、番頭さん、辻斬りに殺されたと聞いてるよ。うちの店とは、何のかかわりもないはずだけど」

女の顔に訝しそうな表情が浮いた。

「淀屋さんとは何のかかわりもねえ。……だがよ、いっしょに飲んでた者が、番頭さんを送っていって、途中でバッサリってえこともあるんじゃァねえかと思ったのよ」

「あやしい雰囲気だったかもしれないねえ。番頭さんは、二階の奥の座敷でね。四人の席だったらしいよ」

「おめえさん、座敷に出たのかい」

「あたしは、座敷には出ないわよ。板場の手伝いだから」

女によると、番頭が殺され、さらに親分が店に訊きにきたこともあって、淀屋の女中や包丁人などの間で、その日の番頭の座敷の様子も話題になった。それで、座敷のことも知っているという。

「すると、番頭さんは三人相手に飲んだわけだな」

「そうよ」

「で、相手の三人は？」

孫八は、三人のことが知りたかった。

「知らないよ。女将《おかみ》さんも、座敷についたおさわさんも、知らないひとみたいだったよ」

おさわという女は座敷女中で、番頭の座敷について酌《しゃく》をしたという。ただ、すぐに四人の客から、大事な話があるので席をはずしてくれ、と言われて座敷を出たそうだ。

「相手の三人は、商人《あきんど》だったのかい」

孫八が念を押すように訊いた。

「それが、ひとりはお侍さまだったそうだよ。牢人のようだったと、おさわさんが言ってたけど……」

「なに、牢人」

思わず、孫八が聞き返した。そのとき、松田屋のあるじの藤右衛門や相模屋の豊蔵などを襲った牢人のことが、孫八の脳裏《のうり》をよぎったのだ。

「そいつの名は分かるか」

孫八が訊いた。

「名は分からないよ。おさわさんも、女将さんも聞いてないみたいだから……」

女が戸惑《とまど》うような顔をして言った。

「そうか。……ところで、牢人といっしょにいたふたりのことで、何か分かることはねえのかい」

三人の男は、番頭殺しにかかわりがある、と孫八はみたのだ。

「ひとりは、恰幅《かっぷく》のいい大店の旦那ふうの男でね。……名はトウザエモンさんかもしれないよ。お侍が、トウザエモン、と口にしたのをおさわさん、耳にしたらしいの」

「トウザエモンな」

孫八は、どこかで聞いたような名だったが、思い出せなかった。

「人相や年格好は分かるかい」

「大柄で、でっぷり太ってたらしいよ。年格好は、還暦ちかいんじゃァないかとおさわさんが言ってたけど……」

女は語尾を濁《にご》した。自分で見たわけではないので、自信がないのだろう。

それから、孫八は牢人ともうひとりの男の人相や格好などを訊いた。

女がおさわから聞いたことによると、牢人は総髪で、面長だったそうだ。もうひとりは遊び人ふうで、眉の濃い男だったという。

女はふたりの男の人相を口にし終えると、

「あ、あたし、もう行くよ。いつまでも油を売ってると、叱られるから」

と言って、慌てた様子できびすを返した。すこし、話をし過ぎたと思ったようだ。

孫八は、下駄の音をひびかせて淀屋の裏口にむかう女の背を見ながら、

……何とか、三人をつきとめてえ。

と、胸の内でつぶやいた。

4

極楽屋の店の奥の小座敷に、五人の男が集まっていた。島蔵、右京、孫八、嘉吉、それに峰次郎である。五人の前には、銚子や小鉢に入った肴などが置いてあったが、あまり手は出さなかった。いずれの顔もけわしかった。

まだ、八ツ半（午後三時）ごろだったが、曇天のせいもあって座敷は夕暮れ時のように薄暗かった。

「孫八と峰次郎が、何かつかんできたようなのでな。まず、ふたりから話してもらおうか」

島蔵が言った。薄闇のなかで、大きな目玉が白くひかっている。殺し人の元締めらしい凄味のある顔である。

半刻(一時間)ほど前、孫八と峰次郎があいついで極楽屋に顔を出し、ふたり組の辻斬りのことで知れたことがあると口にしたのだ。

島蔵が、そういうことなら、ちょうど店にいた右京と嘉吉にも聞いてもらおうと言い出し、奥の座敷に集まったのだ。

「まず、孫八から話してくれ」

島蔵が切り出した。

「あっしは、番頭の伊蔵が淀屋でいっしょに飲んだ三人が、辻斬りにかかわっているとみたんでさァ」

孫八はそう切り出し、淀屋の女中から聞いたことをひととおり話した後、

「いっしょにいた牢人と遊び人ふうの男が、淀屋から出た番頭の先まわりをして竪川沿いの通りで待ち伏せて、バッサリと……。確かなことは分からねえが、それで筋が通るんですがね」

孫八が目をひからせて言い添えた。

「そうかもしれねえな。……峰次郎、おめえも重野屋を探ったんだな」

島蔵が峰次郎に目をむけて言った。

「へい」

「話してくれ」

「あっしは店の奉公人から聞き込みやした」

そう言って、峰次郎が話しだした。

峰次郎は、重野屋の店先の見える場所に身を隠し、話の聞けそうな者が出てくるのを待ったという。

暮れ六ツ（午後六時）の鐘が鳴り、重野屋が店仕舞いを終えて間もなく、店の脇のくぐりから、五十がらみと思われる小柄な男が出てきた。粗末な身装《みなり》からみて、重野屋の下働きらしかった。

峰次郎は男と並んで歩きながら袖の下を握らせて訊くと、重野屋の下働きをしている吾作《ごさく》とのことだった。

「吾作、腑《ふ》に落ちねえんだがな、番頭は、どうしてひとりで柳橋の料理屋に出かけたんだ。商売の話で旦那の代わりに行ったんなら、手代ぐらい連れていくんじゃァねえのかい」

峰次郎が首をひねりながら言った。

「それがよ、商《あきな》いの話に行ったんじゃァねえようだ。……番頭さんは、旦那の久兵《きゅうべ》衛《え》さんに頼まれて談判にいったらしいんだ」

「談判に」

「ああ、おれも、くわしいことは知らねえんだが、旦那が何年か前に借りた金のことで、揉めてたらしいんだよ」

「重野屋のあるじが金を借りたのか」

峰次郎が驚いたような顔をした。

「そうらしいな」

「金は貸すほどあるんじゃァねえのかい」

「三年ほど前に、材木の値が急に下がったことがあるんだ。そんとき、借りたらしいんだが、たいした金じゃァなかったそうだよ」

吾作が歩きながら話した。おそらく、店の奉公人たちのなかで噂になっているのだろう。吾作は、思ったより店の事情に明るかった。

「それで?」

峰次郎が話の先をうながした。

「たいした金じゃァなかったようだし、先方は返すのはいつでもいいと言って取りにもこなかったらしい。それで、そのままになってたらしいんだが、ここにきて金貸しから、途方もない金を返せと言われ、揉めてたらしいんだな」

そう言って、吾助は渋い顔をした。

「高利貸しだな」

峰次郎が言った。

「阿漕《あこぎ》なやつらしく、旦那は困ってたらしいな」

「そいつの名は」

「分からねえよ。旦那も内緒で借りてたらしく、これまで家族も番頭さんも知らなかったようだ」

「それで、番頭さんが高利貸しとの談判に淀屋に行き、その帰りに殺られちまったってわけかい」

「そうだ」

「だがな、高利貸しが貸した金を取りに来るんなら店じゃァねえのかい。なんで、料理屋なんだ」

峰次郎は腑に落ちなかった。

「おれにも、分からねえ。……高利貸しにも都合があったんじゃァねえのかな」

「うむ……」

峰次郎は歩きながら、念のために高利貸しの人相や住処《すみか》なども訊いてみたが、吾作は知らないようだった。

峰次郎はひととおり話し終えると、あらためて小座敷に集まっていた男たちに目をやり、

「あっしは、高利貸しが、番頭殺しにかかわってるんじゃァねえかとみてるんで」

と、言い添えた。

そのとき、話を聞いていた孫八が、

「その高利貸しの名は、トウザエモンだぜ」

と、声をはさんだ。そして、女中から名を聞いたことを言い添えた。

「高利貸しのトウザエモンか」

島蔵が、虚空《こくう》を睨むように見すえて獣の唸《うな》るような声でつぶやいた。

「そいつは、剝がしの稲左《とうざ》かもしれねえぜ。とんだ大物が出てきやがった」

島蔵の大きな目が、薄闇のなかで底びかりしている。

「剝がしの稲左とは、何者だ」

それまで、黙っていた右京が訊いた。

「名は稲左衛門。高利貸しだが、深川一帯を縄張《シマ》にしている親分でしてね。子分に賭場をひらかせたり、女郎屋をやらせたりしているやつなんでさァ」

島蔵によると、稲左衛門は情け容赦《ようしゃ》なく金を取り立て、金が返せなくなると、病人の寝ている布団まで剝いで持っていくという。それで、剝がしの稲左とひそかに呼ばれて恐れられているそうだ。

金の貸し付けも悪辣《あくらつ》で、貧乏人には子分たちを使って烏金《からすがね》や百一文《ひゃくいちもん》と呼ばれる貸し付けをおこない、商家や身代のある者には、稲左衛門自らが乗り出して金利のことは口にせず、いかにも親切で金を貸すような口振りで貸し付け、期限がくると高利を押しつけてくるという。

なお、烏金というのは、朝借りて烏が塒《ねぐら》に帰るころまでには返す借金のことで、わずか一日で一月程の高利をふっかけたという。百一文は、朝百文借りて夕方には百一文返すという借り方である。

「すると、三年前、稲左衛門が重野屋に金を貸し付け、いまになって高利をふっかけて多額の金を返すように久兵衛に迫ったわけか」

右京が言った。

「そうでしょうな」

「借金の取り立てだが、なぜ、料理屋などを使ったのだろうな」

右京も峰次郎と同じことに疑念を抱いたようだ。

「それも、稲左衛門の手ですよ。稲左衛門は、あまり相手の店や屋敷に出向いて貸し付けや取り立てはやらないと聞いてます。……相手を別の場所に呼び出すことで気持ちの余裕を失わせ、自分の思いどおりに話を持っていくんでしょうな。それに、店の者や家族に自分の顔を見られたくないこともあるらしい」

「なるほど、それで、淀屋に呼び出したのか。……だが、その番頭を断ってしまっては、どうにもなるまい」

さらに、右京が訊いた。

「番頭だから断ったんですよ」

島蔵が語気を強くして言った。

「おそらく、番頭はあるじの久兵衛の代わりに行ったんでしょうよ。しかも、番頭は稲左衛門が要求してきた金額は払えないと断ったにちがいねえ。……そこで、稲左衛門は、おれを嘗《な》めるんじゃァねえ、とばかり、バッサリ、やっちまった」

「番頭を殺したのは、稲左衛門の脅しですよ。次に、こんな真似《まね》をしたら、久兵衛を殺すと脅したんです。……借金の返金は、さらに増えるかもしれませんぜ。嘗めた真似をしたので、さらに淀屋に出向いた手間賃を出してもらうなどと言い掛かりつけてね。稲左衛門は、そういう男でさァ」

島蔵の声に腹立たしそうなひびきがあった。稲左衛門の悪辣なやり方に腹が立ったのだろう。

「そういうことか」

島蔵の推測が多いようだったが、右京は重野屋の番頭殺しの背景が分かったような気がした。

「ところで、稲左衛門だが、人相や年格好は分かるのか」

右京が訊いた。

「それは、あっしから」

孫八が女中から聞いた稲左衛門の人相や年格好を話し、ついでに、いっしょにいた牢人と遊び人ふうの男のことも言い添えた。

「うむ……」

次に口をひらく者がなく、小座敷は重苦しい沈黙につつまれたが、

「親爺さん、それで、あっしらはどう動きやす」

と、嘉吉が訊いた。

「そうだな。おれたちが殺しを請けたのは、ふたり組の辻斬りだけだからな。稲左衛門が何をしようとかかわりのねえことだ。……とりあえず、辻斬りふたりを見つけ出して殺るしかねえだろうな」

島蔵が男たちに視線をまわして言った。

「だが、辻斬りふたりが稲左衛門のそばにいるとすると、ふたりだけ殺るのはむずかしくなるな」

右京が言った。

「まァ、そうだが……。いまは、稲左衛門に手は出せねえ。やつは大物過ぎる。四百両じゃァ割りに合わねえ」

島蔵が渋い顔をして言った。

それから、島蔵は嘉吉と峰次郎に、これからすぐに朴念と甚六に会って事情を伝えるよう指示した。朴念たちにも、稲左衛門のことを知らせておかねばならないのである。

## 5

右京は小座敷での話が終わると、島蔵に頼んで茶漬けを作ってもらった。酒もそれほど飲まなかったし、小腹がすいていたのである。

右京が店の飯台で茶漬けを食い終え、茶を飲んでいると、戸口から勇次が入ってきた。勇ましい格好である。手に木刀をひっ提《さ》げていた。襷《たすき》を掛け、着物を裾高に尻っ端折りしている。

店にいた男たちが勇次の姿を見ると、

「勇次、やってるな」

「勇《いさ》ましいじゃァねえか」

などと声をかけた。男たちの顔に笑みが浮いている。勇次に対して好感を持っているようだ。

勇次は店にいた男たちには見向きもせず右京の脇に立つと、

「か、片桐さま、おれに剣術を教えてくれ！」

と、声をつまらせて言った。木刀でも振っていたのか顔が紅潮し、額が汗でひかっている。

「木刀を振っていたのか」

右京は湯飲みを手にしたまま訊いた。

「そうだ。おとっつァんの敵を討ったために、おれ、ひとりで剣術の稽古《けいこ》をしてたんだ」

右京を見つめた勇次の目は、真剣そのものだった。

「うむ……」

人を斬るのに、いまさら木刀など振りまわしても役にはたたない、と右京は思ったが黙っていた。

「親爺さんに訊いたら、剣術を教わるなら片桐の旦那がいいと言ってたんだ。旦那は剣術の達人だって」

「親爺さんが、そう言ったのか」

右京は苦笑いを浮かべた。ふだん、右京は島蔵のことを、元締めとか島蔵とか呼んでいたが、勇次に合わせて親爺さんと呼んだ。

「教えてくれ！　おれ、どうしても、おとっつァんの敵を討ちたいんだ」

勇次が必死の面持ちで言った。

「ところで、勇次、おまえ、木刀でひとを斬るつもりだったのか」

右京が、勇次の手にした木刀に目をやって訊いた。

「……！」

勇次が驚いたような顔をして右京を見た。

「木刀では、ひとは斬れん」

「で、でも……」

勇次は言葉につまった。

「敵を討つには、ひとを斬らねばならん。ひとを斬るには、真剣を遣わねばな。……」

勇次、どうしても、ひとを斬りたいのだな」

「き、斬りたい……」

勇次の顔がこわばった。

「ならば、まず、刀を何とかせねばな」

そう言って、右京は立ち上がると、板場のそばに行って島蔵を呼んだ。

板場から出てきた島蔵は、右京と勇次に目をやりながら、

「旦那、何か用ですかい」

と、訊いた。

「刀があるかな。長脇差でもいいのだが」

「ありやすが、旦那が遣うんですかい」

島蔵が怪訝そうな顔をした。

「おれではない。勇次だ。勇次はどうしても敵討ちをしたいらしい。……刀がなくては、ひとは斬れんからな」

「ああ、勇次が遣うんで……。ちょいと、お待ちを」

そう言い残し、島蔵は口元に薄笑いを浮かべたまま奥へむかった。

いっときすると、島蔵は二振りの刀を手にしてもどってきた。

「こんな物しか、ありませんぜ」

島蔵が、二振りを右京に手渡した。

いずれも、二尺三寸ほどの短めの刀である。鈍刀だった。しばらく遣ってないとみえ、どちらも薄く錆が浮いていた。刃が所々欠けている。

「これでいい」

勇次が遣うには、十分だと思った。

「か、刀を遣って、剣術の稽古をするのか」

勇次が緊張した面立ちで訊いた。

「そうだ」

右京は、これを遣え、と言って、一振りを勇次に手渡した。

「か、刀だ！」

勇次が刀を手にし、目を瞠《みひら》いた。

「稽古の場は、店の裏だな」

右京は、おれについてこい、と言い残し、戸口から外に出た。

右京が勇次を連れていったのは、極楽屋の裏手にある竹藪《たけやぶ》だった。青竹が群生している。

「勇次、細目の竹を選んで、刀で斬るのだ」

まず、おれがやってみせる。右京はそう言うと、島蔵から借りた刀を手にし、一握りほどの細い青竹を選んで前に立った。

「構えは、八相《はっそう》だ。こう構える」

右京は八相に構えてみせ、一呼吸置くと、タアッ！　と鋭い気合を発し、袈裟《けさ》に斬り下ろした。

スパッ、と竹が斬れた。

地面から三尺ほどの高さで竹の茎《くき》が切断され、ザザッと音をたてて枝葉ごと倒れた。竹の切り口は、綺麗な小判型をしている。

「勇次、やってみろ」

青竹が一本斬れるようになれば、ひとも斬れるだろう、と右京は思ったのだ。

「は、はい！」

勇次は、手頃な竹の前に立つと刀を振り上げて、八相に構えた。

八相といっても、まだ構えになっていない。屁っぴり腰で、刀を八相の位置に持っているだけである。

「勇次、もうすこし腰を伸ばして、胸を張るのだ」

「はい」

勇次は言われたとおりやったが、今度はガチガチに体が硬くなっていた。両肩に力が入り過ぎ、刀身がビクビクと震えている。

「まァ、いいだろう」

右京は、青竹を斬るうちに構えも様になってくるだろうと思った。

「袈裟だぞ。……斬れ！」

右京が声を上げた。

ヤアアッ！

突如《とつじょ》、勇次が甲走った気合を発して斬り下ろした。

ガツ、とにぶい音がし、刀身が跳ね返った。竹にはかすかな傷が付いただけで、切れ目も生じなかった。枝葉が大きく揺れただけである。

「き、斬れない！」

勇次の顔に驚きと落胆の色が浮いた。右京が斬るのを見て、簡単に斬れると思ったのであろう。

「すぐには、斬れん。竹を斬るのは、むずかしいのだ」

右京が慰《なぐさ》めるように言った。青竹一本斬れれば、ひとも斬れるといわれている。膂力《りょりょく》を込め、刀の刃筋を立てて斬り込まなければ、うまく斬れないのだ。

「どう振り下ろせば斬れるか、工夫しながらやってみろ」

右京は、刃筋を立てて振り下ろすには、どう刀を握り、どんな角度で振り下ろせばいいか、自得させるのが一番だと思った。

「は、はい」

勇次は気を取り直してふたたび竹を前にして立った。

右京は勇次の後ろに下がって、しばらく様子を見ていたが、

「暗くなる前にやめろよ。……それからな、手頃な竹がなくなったら、斬った竹の枝

を落とし、それを地面に立てて斬るといい」

そう声をかけて、きびすを返した。後は、勇次にまかせようと思ったのである。

その場を離れて行く右京の耳に、勇次の甲高い気合と青竹をたたく音が後を追うように聞こえてきた。

6

平兵衛は、極楽屋の前に立つと縄暖簾を手で分けて店に入っていった。薄暗い店のなかで、三人の男が飯台を前にして酒を飲んでいた。三人とも、顔見知りである。今日は、仕事にいかず酒を飲み始めたようだ。多少、懐に余裕があるのだろう。

昨日、嘉吉が平兵衛の住む庄助店に姿を見せ、明日、極楽屋へ来てもらえないか、と言伝を持ってきたのだ。平兵衛は、頼まれている研ぎの仕事もなかったので、承知したのである。

「安田の旦那、お久し振りで」

酒を飲んでいた磯蔵が声をかけた。だいぶ飲んだらしく、顔が熟柿《じゅくし》のようである。

「親爺さんは、いるかな」

平兵衛は飯台を前にして、腰掛け代わりの空き樽に腰を下ろした。

「いやすぜ」

吉助《きちすけ》という日傭取りが身を伸ばし、親爺さん、安田の旦那ですぜ、と板場の方へ声をかけた。

すぐに、奥で板場の戸をあける音がし、島蔵が顔を出した。島蔵は洗い物でもしていたのか、濡れた手を前だれで拭《ふ》きながら平兵衛のそばに来た。

「安田の旦那、手間をとらせやした。おれの方で行きゃァいいんだが、この面《つら》じゃァ、長屋の者たちが怖がるからな」

島蔵が苦笑いを浮かべながら飯台を隔てて平兵衛の前に腰を下ろした。

「いや、わしも、たまには出歩いた方がいいのだ」

平兵衛は、殺しにかかわることで長屋に姿を見せないでくれ、と島蔵に話してあったのだ。殺しの世界で生きていくためには、殺し人であることを秘匿《ひとく》することが何より大事である。

「旦那、一杯やりやすか」

島蔵が訊いた。

「そうだな、もらうか」

平兵衛は、酔わないほどに飲もうと思った。

島蔵は立ち上がると、近くの飯台で飲んでいた三人の男に、

「おめえたち、奥で飲んでくれ。これから、安田の旦那と大事な話があるんでな」

と言い置いて、板場にもどった。

三人の男が銚子や猪口、肴の入った小鉢などを手にして奥へ消えるのと入れ替わるように、島蔵がもどってきた。肴は鰈《かれい》の煮付けとたくあんだった。

「さァ、一杯」

島蔵が銚子を手にして酒をついでくれた。

島蔵も飲み、ふたりでいっとき飲んでから、

「実は、一昨日、肝煎《きもいり》屋が、ここに来たんでさァ」

と、切り出した。

「それで」

肝煎屋が来たとなると、殺しの話であろう。島蔵が、平兵衛だけ呼んだのは他の殺し人が、ふたり組の辻斬りを始末する仕事にかかわっているからである。

「今度の仕事も辻斬りがらみなんだが、どうしても旦那の手を借りてえ」

島蔵が低い声で言った。

「どういうことだ」

「相手が大物なんでさァ」

島蔵の物言いが、殺し人の元締めらしくなってきた。

「何者だ」

平兵衛が訊いた。島蔵の言い方からして、尋常な相手ではないようだ。

「旦那も、聞いたことがあるはずですがね。剝がしの稲左で」

「高利貸しの稲左衛門か」

平兵衛は長年殺し人として生きてきたので、江戸の闇世界の噂を耳にする機会が多かった。ここ二、三年耳にしなかったが、何度か稲左衛門の噂は聞いていた。ただ、平兵衛が請けた殺しの仕事とかかわりがなかったので、噂を耳にしたことがあるだけで、姿を見たこともなければ、どこに住んでいるかも知らなかった。

「大物だな」

平兵衛が低い声で言った。

「ふたり組の辻斬りとつながっているらしいんだが、旦那が請けなければ、この殺しは断るしかねえ」

島蔵が顔をけわしくして言った。

「それで、依頼人は」

「重野屋久兵衛」

「番頭が殺された重野屋か」

「そうでさァ。久兵衛は、思いあまって吉左衛門のところに頼みに行ったらしい。相手さえいなくなれば、何とかなると思ったんでしょうよ」

そう言って、島蔵が吉左衛門から聞いたことを話しだした。

番頭が殺された五日後、重野屋に稲左衛門の子分が姿をみせたという。

「一月後に、元利とも千両、耳をそろえて返してもらいてえ。番頭が持ってきた三百両は、おれたちの手間賃と飲み代としてもらっておく。……千両返さねえなら、番頭と同じ目に遭うことになりやすぜ」

そう凄んで、子分は帰ったという。

久兵衛は子分の言葉に震え上がってしまった。

三年前、久兵衛が稲左衛門から借りた金は百両だった。証文には、利息は一分とのみ記してあった。稲左衛門がわずかな利息なので気にすることはない、と口にしたこともあり、年利ではあまりに安いので、月一分であろう、と久兵衛は思った。ところが、三年後に稲左衛門が持ってきた証文には、一分の上に日の文字が書きくわえられていたのだ。

日一分となると、とてつもない高利である。百両の元金に一日一両の利息が付く。年間、三百五十四両（太陰暦で平年は一年三五四日）。三年で三倍、千両をはるかに超える。

稲左衛門は証文を手にしながら、久兵衛に、重野屋さんとは初めての付き合いですし、千両にまけておきましょう、と薄笑いを浮かべて言ったそうだ。

ここにきて重野屋の内証はだいぶよくなってきたが、それでも千両の金は、あまりに荷が重かった。それで、久兵衛は、何とか三百両の金を掻き集め、借りたときの三倍にして番頭に持たせ、これで借金はすべて返済したことにしてくれと頼んだという。

久兵衛本人が行かずに番頭に頼んだのは、出かける前の日に風邪で高熱を出し、歩くこともままならなかったからだという。

その番頭が殺され、持たせた三百両を奪われた揚《あ》げ句《く》、一月後に千両返さなければ、番頭と同じように殺すというのだ。千両の金を工面《くめん》する当てもない。それに、何とか工面して千両渡したとしても、些細《ささい》なことに難癖をつけて、さらに金を要求してくるのではあるまいか――。

そう思って、久兵衛は思い悩んだ末、藁《わら》をも摑む気持ちで何年か前に柳橋の料理屋で噂を耳にしたことのある一吉を訪ねたのだ。

島蔵の話が終わると、

「それで、ふたり組の辻斬りとのかかわりは」

平兵衛があらためて訊いた。

「まだ、はっきりしねえんですが、ふたり組は稲左衛門のところにいるらしい。番頭が料理屋で稲左衛門と会ったとき、ふたりもいたようなんでさァ。……そのふたりが、番頭を待ち伏せて斬ったとみてやす」

「厄介《やっかい》だな」

平兵衛は、ふたり組が稲左衛門のそばにいるとなると、迂闊に手が出せないだろうと思った。

「それで、旦那の手を借りてえんですがね」

島蔵が声をあらためて言った。

「うむ……」

稲左衛門を殺るとなると、さらに難しい。ふたり組の他にも、腕の立つ子分が何人もいるはずである。下手に手を出せば、返り討ちに遭う。

「旦那ひとりに、稲左衛門を斬ってくれと頼んでるわけじゃァねえんで……。ふたり組が稲左衛門のそばにいるとなると、どのみち稲左衛門とやり合うことになる。この先、嫌でも地獄屋と稲左衛門一家のぶっつかり合いになるでしょうよ。……それで、どうしても旦那に力を貸してもらいてえんで」

島蔵が平兵衛を見つめて言った。

「……！」

島蔵の言うとおり、このままだと闇のなかで地獄屋と稲左衛門一家の総力戦がくりひろげられることになりそうだ。

……わしだけ、逃げるわけにはいかぬようだ。

と、平兵衛は胸の内で思った。

「よかろう。わしも、くわわろう」

平兵衛が低い声で言った。顔をおおっていた老いの翳《かげ》が拭《ぬぐ》いとられたように消え、虚空にむけられた双眸が切っ先のようにひかっていた。人斬り平兵衛と恐れられた殺し人の顔である。

「ありがてえ！　安田の旦那が手を貸してくれりゃァ、稲左衛門も恐れることたァねえ」

島蔵が声を上げた。

「それで、稲左衛門の殺し料は」

平兵衛は、あくまで殺し人として動くつもりだった。

「五百両。……ただし、手付金として二百両だそうだ。重野屋は掻き集めても、いまは二百両が限度らしい。残りの三百両は、二月後になるか三月後になるか分からねえが、何としても都合して払うそうだ」

「稲左衛門が重野屋に千両取りにくるのは、一月後だそうだが、それまでに殺れということなのか」

平兵衛が訊いた。

「そうじゃァねえんで。それまでに始末がつけば、それに越したことはねえが、こうした仕事は、無理ができねえからな。……一月後に始末がつかねえときは、やつらが金を取りにきたときを狙えばいい。番頭が殺られたときとは逆に、おれたちが稲左衛門を待ち伏せて殺るんでさァ」

島蔵の大きな目が底びかりしている。島蔵もむかし殺し人だったので、血が騒ぐのであろう。

「そのときになって、考えればいいな」

平兵衛は、飯台の上に置かれた猪口に手を伸ばした。一月後のことまで、いまから考えることはないと思った。殺しにかかわれば、己の明日の命もしれないのである。

# 第三章　狛犬《こまいぬ》の彦《ひこ》

## 1

朴念と甚六は、油堀沿いの道を歩いていた。そこは、深川材木《ざいもく》町である。ふたりは、この辺りに賭場があると聞いて、足を運んできたのだ。

賭場のことを聞き込んできたのは、甚六だった。甚六は、地獄屋の殺し人になるまで中山《なかせん》道を流れ歩いていた渡世人である。

甚六は中山道深谷宿近くの百姓《ひゃくしょう》の次男坊に生まれ、子供のころから深谷宿を遊び場にして育った。十七、八になると一端《いっぱし》の渡世人のような顔をして遊び歩くようになり、そのうち酒や女の味を覚え、宿場の賭場にも顔を出すようになった。そして、深谷宿を縄張にしていた駒蔵《こまぞう》という親分に杯をもらって子分になったのだ。

その後、駒蔵が心ノ臓の病で急逝《きゅうせい》し、駒蔵の倅の勇助《ゆうすけ》が跡目を継ぐことになったが、甚六は勇助と馬が合わなかった。甚六と勇助との間に確執が生じ、甚六は命を狙われる羽目《はめ》になった。

甚六は親分の倅に切っ先をむける気にはなれず、深谷宿を出ると、長脇差だけを頼りに街道筋を流れ歩き、三年ほどして江戸に出た。その後、極楽屋に住み着き、島蔵に勧められて殺し人をするようになったのである。

甚六は、ふたり組の辻斬りが牢人と遊び人ふうだったと聞いたとき、

……ふたりは、賭場でつながったのかもしれねえ。

と、直観的に思った。金ずくでひとを斬る牢人と匕首を巧みに遣う遊び人。ふたりを結びつける場は、賭場くらいしか考えられなかったのである。

「甚六、賭場でひと勝負するのか」

朴念が訊いた。

極楽屋で顔を合わせ、昼飯を食いながら話したおり、甚六が、これから賭場でも覗いてみるつもりだ、と言うと、それなら、おれもいっしょに行こうと言って、朴念がついてきたのだ。とりあえず、朴念もすることがなかったらしい。

甚六は、ひとりの方が動きやすいと思ったが、その気になっている朴念を断りづらかったので連れてきたのである。

「いや、ふたり組のことを訊いてみようと思ってな。今日のところは、賭場の客をつ

かまえて訊くだけだ」

賭場に入ってもよかったが、朴念がいっしょでは無理である。坊主頭で、町医者のような格好をしている朴念は目立って仕方がない。

ふたりはそんなやり取りをしながら、前方に別の掘割にかかる丸太橋が見える場所まで来ていた。

「この辺りと、聞いたんだがな」

甚六が通り沿いに目をやりながら言った。賭場は丸太橋の手前だと聞いていたのだ。

昨日、甚六は入船町にある一膳めし屋で博奕《ばくち》の好きそうな川並を見つけ、それとなく賭場のことを訊くと、材木町の油堀沿いにありやすぜ、と口にした。

川並の話によると、平五郎《へいごろう》という男が代貸をしている賭場で、丸太橋の手前に稲荷《いなり》があり、稲荷の脇の路地に入ると、賭場はすぐとのことだった。賭場は、板塀をめぐらせた妾宅ふうの仕舞屋《しもたや》だという。

「おい、あそこに稲荷があるぞ」

朴念が前方を指差した。

見ると、通り沿いにちいさな赤い鳥居があった。祠《ほこら》も見える。樫《かし》と欅《けやき》が、祠をかこむように枝葉を茂らせていた。

甚六たちは、急ぎ足で稲荷の前まで行ってみた。脇に細い路地があった。賭場はその先らしい。

ふたりは、すぐに路地に足をむけた。そこは寂しい路地だった。仕舞屋や棟割り長屋などもあったが、雑草におおわれた空き地や笹藪などが目立ち、人影はあまりなかった。

路地に入って半町ほど歩いたところで、甚六が足をとめ、

「あれだな」

と言って、右手の仕舞屋を指差した。

路地からすこし入ったところに板塀をめぐらせた妾宅ふうの仕舞屋があった。板塀に枝折り戸があり、そこから家へ出入りするらしい。家の戸口の引き戸はしまったままで、近くに人影はなかった。

「おい、しまってるぞ」

朴念が小声で言った。

「まだ、これからでさァ」

陽は西の空にまわっていたが、まだ、陽射しは強かった。八ツ半（午後三時）ごろ

であろう。賭場がひらくのは、暮れ六ツ（午後六時）ちかくになってからかもしれない。

「どうするのだ。賭場がひらくのを待つのか」

朴念が訊いた。

「そのつもりだが、ここで待つこたァねえ。朴念の旦那、どうです、近くの一膳めし屋にでも行って、一杯やってきやすか。そうすりゃァちょうどいい頃合ですぜ」

「そいつはいい」

朴念が坊主頭を撫でながらニヤリとした。

ふたりは、すぐに油堀沿いの通りにもどった。しばらく歩くと、手頃な一膳めし屋があった。ふたりは縄暖簾をくぐり、店の隅の飯台に腰を下ろした。

ふたりはゆっくりと酒を飲み、菜めしで腹ごしらえをしてから店を出た。西の空が茜《あかね》色に染まっていた。まだ、上空には日中の明るさが残っていたが、樹陰や店の軒下などには淡い夕闇が忍び寄っている。そろそろ暮れ六ツであろうか。

「行きやすか」

甚六が声をかけた。

「おお、酔い醒《ざ》ましに、ちょうどいいな」

朴念が頭を撫でながら言った。酒気で赤く染まった朴念の丸い頭は、まるで茹蛸《ゆでだこ》のようだった。その頭が、雀色時《すずめいろどき》の暮色のなかに妙にくっきりと浮かび上がったように見えている。

ふたりは、仕舞屋の斜向かいにあった笹藪の陰に身を隠した。賭場から出てくる男をつかまえて、話を聞くつもりだった。

仕舞屋の戸口に、若い男がふたり立っていた。賭場の下足番であろう。戸口から淡い灯が洩れている。

ふたりが身をひそめている笹藪の前の路地を、賭場の客らしい男が通りかかった。職人ふうの男、船頭、小店の旦那ふうの男、遊び人などが、ひとり、ふたりと通り過ぎ、枝折り戸から戸口にむかい、仕舞屋に入っていった。

「盛ってる賭場のようだ」

朴念が低い声で言った。

「もう、博奕は始まっているはずだ。あと、半刻（一時間）もすりゃァ金のつづかなくなったやつが、出てきますさァ」

そう言って、甚六は枝折り戸に目をやった。

## 2

辺りは、淡い夜陰につつまれていた。暮れ六ツ（午後六時）の鐘が鳴って、半刻（一時間）ほど経つ。西の空にひろがっていた茜色の夕焼けも、いまは藍色に変わり、頭上には星がまたたいていた。

甚六と朴念は笹藪の陰に身をひそめたまま賭場の方へ目をやっていた。

「おい、ひとり戸口から出てきたぞ」

朴念が声をひそめて言った。

若い男がひとり、下足番の若い衆《し》に何やら声をかけ、枝折り戸の方へ近付いてきた。

「帰るようだ」

甚六は、若い男に目をやった。

若い男は枝折り戸を押して路地に出ると、甚六たちのいる方へ足をむけた。遊び人であろうか。弁慶格子《べんけいごうし》の小袖を裾高に尻っ端折りしていた。夕闇のなかに、あらわになった両脛《りょうずね》が白く浮き上がったように見える。

若い男は肩を落とし、渋い顔をして歩いていた。博奕に負けたようだ。

「あいつに、訊いてみやしょう」

甚六は小声で言い、若い男が通り過ぎるのを待ってから、笹藪から路地に出た。

朴念も笹藪から出たが、甚六とは大きく間を取っている。

「兄イ、ちょいと、待ってくれ」

甚六が男の後ろから声をかけた。

「お、おれか」

若い男は驚いたような顔をして立ちどまった。

「すまねえ、驚かしちまったようで……」

甚六は若い男に身を寄せた。

「な、何か、用か」

若い男の声には、つっかかるようなひびきがあった。

「ちょいと、訊きてえことがありやしてね」

「おれは、おめえに話すことなんてねえぜ」

男は警戒の目を甚六にむけた。岡っ引きとでも思ったのかもしれない。

「……目が出やしたかい」

甚六は、手で壺を振る真似をして見せた。若い頃から賭場に出入りしていただけあって、壺振りの真似もうまいものである。

「おめえも、やるのかい」

若い男が小声で訊いた。警戒の色は消えている。甚六の壺を振る手付きを見て、岡っ引きではないと分かったようだ。

「目がねえ方で」

「そうかい、おれも目がねえんだが……。今日は、ついてなかったな」

若い男は渋い顔をして歩きだした。

「そういうときも、ありまさァ」

甚六は、すばやく懐から巾着を取り出すと、一朱銀をつまみ出し、こいつで一杯やって、今夜の勝負は忘れるといい、と言って、若い男の手に握らせてやった。甚六は殺し料の半金を貰っていたので、懐が温かかったのだ。

「お、すまねえ」

途端に、若い男の顔がくずれた。

「あっしも、ひと勝負しようかと思ってきたんだが、ちょいと、気になることがあってな。賭場に入るのに、二の足を踏んでるのよ」

「何が気になるんだい」

若い男の物言いがやわらかくなった。袖の下が利いたらしい。

「半年ほど前《めえ》、別の賭場でひでえ目に遭ったことがあるのよ。牢人だが、あやうくバッサリやられそうになってな。何とか逃げたが、今度会うとどうなるか分からねえ。その牢人が来てるなら、勝負はあきらめて帰ろうと思ってな」

甚六がもっともらしく言った。

「その牢人は、何てえ名だい」

「名は分からねえ。……総髪でな、目の細い男だ」

甚六は、孫八から聞いていた牢人の人相を口にした。

「総髪で、目の細い牢人な……」

男は首をひねった。分からないらしい。

「牢人とつるんでる男がいてな。そいつは町人だが、恐ろしく匕首を遣うのがうめえ。眉が濃くて、目付きのするどい男だ」

甚六は、もうひとりの男の人相も話した。

「そいつは、狛犬《こまいぬ》の彦かもしれねえぜ」

男が甚六に顔をむけて言った。顔からニヤついた笑いが消えている。

「なんだい、狛犬の彦ってえなァ」

「彦造って名だが、狛犬の入墨を背負ってるのよ。それで、狛犬の彦って呼ばれてるんだ。……匕首を遣うのがうまくてな、二本差しを相手にしても引けを取らねえと聞いたことがあるぜ」

「彦造は、牢人とつるんで遊んでるのかい」

甚六は、彦造が辻斬りのひとりのような気がした。

「そういえば、ちかごろ、牢人と歩いているのを見たことがあるな」

男によると、十日ほど前、彦造が牢人とふたりで大川端を歩いているのを見たことがあるという。

「牢人の名は、知らねえのかい」

「知らねえなァ」

男は首を横にひねった。

そんなやり取りをしながら、甚六と男は油堀沿いの通りへ来ていた。

「それで、彦造だが、そこの賭場へはよく来るのかい」

甚六が訊いた。

「ちかごろ見かけねえから、河岸を変えたんじゃァねえかな」

「変えた先は分かるかい」

「そこまでは分からねえ」

ふいに、男が足をとめた。通り沿いにあった赤提灯を下げた飲み屋に目をむけている。

「その店で、一杯やってくぜ」

そう言い残し、男は跳ねるような足取りで甚六から離れていった。

甚六が路傍に足をとめて待つと、朴念が後ろから近付いて来て、

「どうだ、何か分かったか」

と、訊いた。酒気が醒めたらしく、顔の赤みはうすれている。

「遊び人ふうの男の名が知れたよ」

甚六は、若い男から聞いたことをかいつまんで話し、狛犬の彦こと彦造の名を言い添えた。

「狛犬の彦か。そいつが辻斬りの片割れかもしれねえな」

「おれも、そうみたぜ」

「よし、次はおれの番だな」

朴念が賭場のある方へ足をむけながら言った。巨漢だが、足は速い。

「どうする気だい」

慌てて甚六は、朴念の後を追って訊いた。

「どうするって、今度はおれが話を聞く番だ。このまま帰ったら、おれは何をしにここに来たか分からんからな」

朴念が当然のことのように言った。


朴念と甚六は、賭場の戸口が見える笹藪の陰に身を隠していた。

笹藪の陰は深い夜陰につつまれている。ただ、頭上で月が皓々《こうこう》とかがやき、細い路地を青白く照らしていた。提灯はなくとも歩けそうだ。

「出て来たぞ」

枝折り戸を押して、小柄な男が路地に姿を見せた。黒羽織に細縞の小袖姿だった。小店の旦那ふうである。

男はまわりを気にしながら、朴念たちのひそんでいる方へ歩いてくる。

朴念は男が通り過ぎるのを待ってから、

「おれの番だな」

と言い置き、笹藪の陰から路地に出た。

甚六は朴念の姿が遠ざかってから笹藪の陰から路地に出た。路地の先に目をやると、大柄な朴念と並んで小柄な男が立っていた。朴念が、賭場から出てきた男に話しかけたようだ。

何を話したのかまったく聞き取れなかったが、朴念と男は肩を並べて歩きだした。ふたりは、何かやり取りをしながら油堀沿いの通りの方へ歩いていく。

甚六はすこし足を速めて、ふたりの後につづいた。後を尾ける必要もなかったのだが、甚六は朴念の聞き込みが済んだらこのまま帰ろうと思ったのである。

前を行くふたりは、油堀沿いの通りへ出ても話をつづけていた。ふたりは、しきりにしゃべっている。

朴念が足をとめたのは、丸太橋のたもとまで来たときだった。賭場から出てきた小柄な男は、そのまま丸太橋を渡って富久町《とみひさ》の方へむかっていく。

甚六は小走りになって、朴念に近付いた。

「話し込んでいたな」

甚六が言った。

「たいした話は、できなかった。……どうする、まだ聞き込みをつづけるか」

朴念が甚六に訊いた。

「いや、今夜のところは塒に帰《けえ》ろう。それより、やけに親しそうに話してたじゃァないか。朴念さんの知り合いか」

甚六が訊いた。

「知り合いなもんか。……すけべな親爺でな、女の話をしたらすぐに乗ってきたのよ」

朴念は口元に薄笑いを浮かべて言うと、丸太橋に足をむけた。

「それで、何か知れたのか」

甚六も朴念と肩を並べて橋を渡り始めた。

「たいしたことは分からなかったが、代貸の平五郎は稲左衛門の息のかかっている男だそうだ」

「稲左衛門の子分か」

「そうらしい」

「すると、貸元は稲左衛門か。平五郎の子分のなかにも、稲左衛門のことを知っているやつがいるな」

甚六と朴念は、丸太橋を渡ると富久町の町筋に入った。今夜は、このまま極楽屋へ行くつもりだった。

「稲左衛門だけではあるまい。ふたり組の辻斬りのことも、知ってるだろうよ」

朴念が暗い町筋に目をむけながら言った。

3

稲荷の境内《けいだい》に三人の男がいた。甚六、朴念、それに峰次郎である。三人のいる稲荷は油堀沿いにあり、脇の路地が平五郎の賭場につづいている。

「長次《ちようじ》は、六ツ半（午後七時）ごろ、賭場へ顔を出すことが多いと聞いてやすぜ」

峰次郎が小声で言った。

三人は、長次という男を捕らえるつもりでここに来ていた。

甚六と朴念が賭場の近くに張り込み、ふたり組の辻斬りのことや平五郎が稲左衛門の子分らしいことを聞き込んでから四日経っていた。この間、甚六たちは峰次郎の手も借りて、賭場の近所で聞き込んだ。その結果、長次という男が平五郎の右腕で、稲左衛門とのかかわりや子分たちのこともよく知っているらしいことをつかみ、長次を捕らえて口を割らせようということになったのだ。

「峰次郎、長次の顔を見たことがあるのか」

朴念が訊いた。

「見たことはねえが、人相を聞いてやすから分かるはずでさァ」

峰次郎によると、長次は四十がらみで痩身、すこし猫背だという。顎がとがり、鼻が高いそうだ。

「いつも、ひとりで来るのか」

つづいて、甚六が訊いた。

「三下《さんした》を連れているときもあるそうで」

「三下がいっしょなら、そいつもふん縛って連れていくしかねえな」

甚六たちは、捕らえた長次を極楽屋へ連れていくつもりだった。そのために、猪牙舟で来ていた。

舟は稲荷のすぐ前の油堀の船寄にとめてあった。捕らえた長次を舟に乗せ、油堀をたどって仙台堀に入り、東にむかえば極楽屋のすぐ前まで行くことができる。舟を使えば、通りがかりの者に見咎《みとが》められることなく、捕らえた男を極楽屋まで連れていけるのだ。

「だいぶ、暗くなってきたな」

甚六が頭上を見上げて言った。

すでに、暮れ六ツの鐘が鳴って、小半刻（三十分）ほど過ぎていた。稲荷の境内は濃い夕闇につつまれ、頭上には星がまたたいている。

賭場へ向かうと思われる男がときおり稲荷の前を通り過ぎ、人目を気にするような素振りを見せながら稲荷の脇の路地に入っていく。

それから、小半刻ほど過ぎたろうか。祠近くの樫の枝葉の間から通りを見ていた峰次郎が、

「やつだ！」

と、声を殺して言った。

「来たか」

すぐに、甚六と朴念も樫の葉叢《はむら》の間から通りを覗いた。

「ひとりだぞ」

甚六が言った。

男がひとりで歩いてくる。棒縞の小袖を着流し、雪駄《せった》履きだった。歳のころは四十がらみ、痩身ですこし猫背である。月光のなかに浮かび上がった顔は、顎がとがり、鼻が高かった。長次にまちがいないようだ。

「まず、おれにまかせろ。ふたりは、やつの後ろへまわってくれ」

朴念が、目をひからせて言った。

甚六と峰次郎が無言でうなずいた。

男は稲荷の鳥居の前を通り過ぎ、脇の路地へ入った。雪駄の音が、妙に大きく聞こえる。

すぐに、朴念が小走りに境内から出ていった。

朴念は、下駄の音をひびかせて男に走り寄った。気付かれても、かまわないのである。

ふいに、男が足をとめて振り返った。怪訝そうな顔をして、朴念を見ている。無理もない。坊主頭の巨漢の主が、駆け寄ってくるのだ。ただ、男の顔に警戒の色はなかった。朴念の姿が町医者のように見えたからであろう。

「しばし、しばし」

朴念は声をかけ、男に追いつくと、荒い息を吐きながら男の前にまわり込んだ。背後から来るであろう甚六たちと前後で挟むような位置を取ったのだ。

「おれに、何か用かい」

男がしゃがれ声で訊いた。

「用というほどのことではないんだがな。ちと、訊きたいことがあるのだ」

朴念が、もっともらしい顔をして言った。

「何を訊きてえんだい」

男の声はおだやかだった。朴念を町医者と思っているようだ。

「この辺りに、これがあると聞いて来たんだがな」

朴念は壺を振る真似をして見せた。

そのとき、男の背後に甚六と峰次郎が姿を見せた。甚六は、すでに長脇差を抜いていた。刀身が夕闇のなかに青白くひかっている。

ふたりは、足音を忍ばせて近寄ってきた。まだ、男は背後のふたりに気付いていない。

「おまえさんも、やるのかい」

男が驚いたような顔をした。

「商売がら、大きな声では言えないが、目がないのだ」

朴念が目を細めて言った。

「そうですかい」

男の表情がやわらぎ、この先にありやすぜ、と小声で言った。

「この先か。……ところで、おまえさん、長次さんではないかな」

そう訊いて、朴念が一歩踏み込んだ。

「ほう、よくご存じで」

長次の顔に、ちらっと不審そうな表情がよぎった。

「おめえさんにも、用があってな。ここで、待ってたのよ」

言いざま、朴念がいきなり両腕を突き出して長次の両襟《りょうえり》をつかんだ。

丸太のような太い腕だった。怪力である。両襟をつかんで引き寄せた瞬間、長次の首が後ろにかしぎ、腰が浮き上がった。

「な、何をしやがる！」

長次が顔をゆがめ、身をよじりながら右手を懐につっ込んだ。何とか、懐に呑んでいる匕首を取り出そうとしたようだ。

長次が匕首を抜きかけたとき、

「動くんじゃァねえ！」

甚六が長次の背後にすばやく身を寄せ、長脇差の切っ先を長次の頬にあてた。俊敏な動きである。

長次は右手を懐につっ込んだまま凍りついたように身を硬くした。

「峰次郎、こいつに猿轡《さるぐつわ》をかましてくれ」

朴念が声をかけた。

「へい」

すぐに、峰次郎が懐から手ぬぐいを取り出し、長次に猿轡をかました。さらに、長次の両手を後ろに取ると、細引で縛った。手ぬぐいと細引は、こうするために用意してきたのである。

長次は顔をひき攣《つ》らせ、助けを求めるように視線を虚空にさまよわせている。

「長次、これから、おまえを極楽へ連れてってやるぞ」

朴念が坊主頭を撫でながら、薄笑いを浮かべて言った。

4

燭台《しょくだい》の火に、五人の男の姿が浮かび上がっていた。朴念、甚六、峰次郎、島蔵、それに捕らえてきた長次である。

そこは、極楽屋の店の奥の小座敷だった。長次をなかにして、四人の男が取りかこんでいた。長次は猿轡をはずされていたが、両手は後ろに縛られたままである。

「長次、ここがどこか知っているかい」

島蔵が低い声で訊いた。

「し、知るかい」

長次が、顔をしかめて言った。ふてぶてしい表情が浮いていたが、肩先が小刻みに震えている。恐怖と興奮のせいであろう。

「ここは、地獄だよ」

「……！」

長次が島蔵に顔をむけた。

「聞いたことがあるだろう、おれは地獄の閻魔だ」

島蔵の牛のように大きな目が燭台の火を映して、熾火《おきび》のようにひかっていた。燭台の火が顔に刻んだ陰影を濃くしているせいもあって、島蔵の顔には閻魔を思わせるような凄みがあった。

「こ、殺し人の元締めか」

長次の顔から、ふてぶてしい表情が消えた。

「まァ、そうだ。……だがな、おめえの殺しを頼まれたわけじゃァねえんだ。おめえに訊きてえことがあって、ここに来てもらったのよ」

「……！」

長次が、息を呑んだ。

「おめえ、平五郎の子分だな」

「……そうだ」

長次が、小声で答えた。島蔵の問いに答える気になったわけではなく、分かりきったことなので隠すこともないと思ったのだろう。

「いまのところ、平五郎に手を出すつもりはねえから、安心しな。……平五郎の賭場に、彦造ってやろうが顔を出すな」

「彦造なんてやろうは知らねえ」

長次が顔をしかめて言った。

「狛犬の彦と言えば分かるかい」

「狛犬か……」

長次が、つぶやくような声で言った。

「思い出したようだな。……彦造は平五郎の子分じゃァねえな」

「ちがう。たまに、賭場へ遊びに来るだけだ。親分とは何のかかわりもねえ」

「それなら、隠すことはねえな」

「…………」

「彦造は、辻斬りの片割れだな」

島蔵が念を押すように訊いた。

「そうらしいな」

長次が、小声で答えた。

「仙台堀沿いで伊助ってえ大工を殺ったのは彦造か」

島蔵は、まちがいないと思った。

「大工を殺ったかどうか知らねえが、仙台堀沿いで、辻斬りの片棒をかついでいたという話は聞いたことがあるぜ」

「やはりそうか。……ところで、彦造の塒はどこだい」

島蔵が長次を見すえて訊いた。

その場に集まっていた朴念たちは、黙って島蔵と長次のやり取りを聞いていた。この場は、島蔵にまかせるつもりらしい。

「知らねえ。白《しら》を切ってるわけじゃァねえぜ。おれは、じかに彦造と話したことがねえんでな」

「塒は知らなくとも、どの辺りに住んでるかは知ってるだろう」

さらに、島蔵が訊いた。

「門前仲町《もんぜんなか》の情婦《いろ》のところにいると聞いた覚えがあるが、情婦の名は知らねえぜ」

深川永代寺門前仲町は、富ヶ岡八幡宮の門前通り沿いにつづいている。

「ところで、彦造は辻斬りの片割れの牢人とつるんでることが多いはずだ。賭場にも、牢人といっしょに来たことがあるだろう」

「見たことはある」

「その牢人は、なんてえ名だい」

島蔵が訊いた。

「……渋谷重三郎だ」

長次は隠さずに牢人の名を口にした。彦造のことが知れているので、牢人の名を隠しても仕方がないと踏んだのかもしれない。

「渋谷な」

島蔵は、渋谷の名に覚えがなかった。島蔵は朴念たち三人に目をやった。三人とも、首をひねっている。渋谷のことを知らないようだ。

「渋谷の塒は、どこだい」

島蔵が声をあらためて訊いた。

「知らねえ。嘘じゃァねえぜ」

長次が声を強くして言った。

「どの辺りに住んでるのかも知らねえのか」

「ああ、渋谷の旦那は、賭場にも滅多に顔を出さねえからな」

「うむ……」

どうやら、渋谷のことは知らないようだ。

「ところで、長次、平五郎の親分は稲左衛門だな」

島蔵が声をあらためて訊いた。

「し、知らねえ」

長次の顔が戸惑うようにゆがんだ。平五郎のことは、話したくないのだろう。

「隠すことはねえだろう。平五郎が、剝がしの稲左の子分だということは承知の上だ。材木町の賭場も、稲左衛門のものだ。……平五郎は代貸だな」

島蔵が念を押すように言った。

「そうだ……」

長次が小声で言った。

「稲左衛門の塒はどこだい」

島蔵が語気を強めて訊いた。

「分からねえ。大親分は、子分にも居所を知らせねえんだ。息のかかった料理屋や女郎屋などに身を隠しているらしいが、おれらにもどこにいるか分からねえ」

長次が向きになって言った。

「それじゃァ、何かあったらどうやって稲左衛門につなぐんだい」

「親分は、知ってるんだ。それに、三日に一度は大親分のそばにいる子分が賭場に顔を出す。何かあったら。そいつに話せばいい」

長次は、平五郎を親分、稲左衛門を大親分と呼んだ。ふだん、親分として接しているのは平五郎なのだろう。

「その子分はなんてえ名だい」

「弥市《やいち》……」

「弥市の人相と年格好は」

島蔵が訊いた。

「いい歳だ……」

長次によると、弥市は初老で、鬢や髷には白髪が目立つという。中背で、目付きがするどく頬に刀傷があるという。

……弥市がつなぎ役らしい。

と、島蔵は思った。弥市を尾けるなり、吐かせるなりすれば、稲左衛門だけでなく彦造と渋谷の居所も知れるだろう。

島蔵は長次から一通り話を聞くと、朴念たち三人に目をやり、何か訊くことはあるかい、と声をかけた。

すると、甚六が、

「稲左衛門は女郎屋もやってるそうだが、何てえ店だい」

と、訊いた。

「山本町《やまもと》の駒乃屋《こまのや》だが、そこに大親分はいねえぜ」

深川永代寺門前山本町は門前仲町と門前通りを隔てて向かいあっていて、料理屋、料理茶屋、遊女屋などが多く、繁華街として知られていた。

次に口をひらく者がなく、座敷が沈黙につつまれたとき、

「おれを、帰《けえ》してくれ。訊かれたことは、みんな話したぜ」

長次が訴えるように言った。

「帰してもいいが、もうすこし、ここにいろ。おめえのためだ」

島蔵が大きな目をひからせて言った。

「おれのためだと」

「そうよ。おめえが、おれたちにしゃべったと分かれば、平五郎はともかく、稲左衛門はおめえを生かしちゃァおかねえだろうよ」

「……！」

長次の顔がこわばった。血の気が引き、頬や首筋に鳥肌がたっている。島蔵の言うとおりだと思ったようだ。

「しばらくここにいて、様子をみな。……この店の名を知ってるかい。極楽屋だ。おめえのような男には、極楽のようなところよ」

島蔵が口元に薄笑いを浮かべて言った。

5

ヤアッ！

甲走った気合を発し、勇次が刀を袈裟に斬り下ろした。

カツ、と乾いた音がし、青竹の茎が横に折れたように倒れた。綺麗に斬れず、茎の一部が残っていたために、斬りつけたところから上が横に倒れたのだ。

「もうすこしだな」

右京が、勇次に声をかけた。

右京は島蔵から手引き人たちの探索で分かったことを聞くために極楽屋に来たのだが、勇次が竹を斬る音を耳にし、裏手にまわって稽古の様子を見ていたのだ。

「片桐さまのように、うまく斬れねえ」

勇次が悔しそうな顔をして言った。

「なに、そこまで斬れるようになれば、じきだ。竹を父親の敵と思って斬り込むがいい」

右京がおだやかな声で言った。

「はい」

勇次はふたたび青竹を前にして立った。

そして、袈裟に構えたときだった。店先の方から走ってくる足音がし、嘉吉が姿を見せた。

「片桐さま、すぐ来てくだせえ！」

嘉吉が大声で呼んだ。

何かあったらしい。右京は、嘉吉のそばに走り寄った。勇次も異変を察知したらしく、抜き身をひっ提げたままふたりのそばに駆けてきた。

「五平《ごへい》が、殺られやした」

嘉吉がうわずった声で言った。

「五平というと、左官か」

五平は極楽屋の住人のひとりである。若いころは左官だったそうだが、いまは普請場の力仕事や桟橋の荷揚げ人足などをやっていた。

「へい、亀久橋《かめひさ》のたもと近くで殺されたようです」

嘉吉によると、極楽屋に知らせがあり、店にいた島蔵をはじめ七、八人の男たちが亀久橋にむかったという。

「おれも、行ってみよう」

「案内しやすぜ」

嘉吉が先に立った。

右京の後に勇次も跟《つ》いてきた。

勇次の顔がこわばり、悲痛の色があった。極楽屋で暮らすうち、勇次は五平とも話すようになっていたので、他人事とは思えなかったのだろう。

仙台堀沿いの道へ出て、いっとき西に歩くと前方に亀久橋が見えてきた。仙台堀にかかる橋で、東平野町と亀久町を結んでいる。

東平野町側の橋のたもと近くの堀際に、人だかりができていた。通りすがりの野次馬らしいが、この辺りは木置場が近いせいもあって、印半纏姿の船頭や川並、木挽《こびき》などの姿が目についた。

近付くと、島蔵、朴念、孫八、峰次郎などの姿があった。

「前をあけてくれ！」

人垣の後ろで、嘉吉が声を上げた。

すると、集まっていた男たちが左右に身を引き、右京たちを通してくれた。岸際の叢《くさむら》のなかに島蔵たちが立っていた。その足元に、男がひとり仰向けに倒れていた。汚れた黒の丼《どんぶり》（腹掛けの前隠し）と股引姿である。

「片桐の旦那、見てくれ」

島蔵が右京を呼んだ。苦虫を噛み潰したような顔をしている。

右京は島蔵の脇に立ち、横たわっている男に目をやった。

見覚えのある顔だった。五平である。苦しげに顔をゆがめ、口をあんぐりあけたまま五平は死んでいた。

……首か！

五平は、首を刃物で斬られていた。傷口がひらき、首筋がどす黒い血に染まっている。だが、辺りに出血の痕《あと》はなかった。叢にも、飛び散っていない。五平はどこか別の場所で殺され、何者かの手でここまで運ばれて捨てられたのかもしれない。

　刃物で抉《えぐ》られたような傷だった。武器《えもの》は、匕首であろうか。他に刃物の傷はなかった。一撃で仕留められたようだ。下手人は、匕首を遣い慣れた者かもしれない。

　五平のあらわになった肩から胸にかけて、痣《あざ》のような痕が幾筋もできていた。何かでたたかれたような痕である。

「五平の肩や胸にあるのは痣だな。棒か竹で、たたかれた痕だ」

　島蔵が低い声で言った。

「ひ、ひでえことしやがる！　だ、だれが、五平をこんな目に……」

　極楽屋の住人の吉助が、声を震わせて言った。

「喧嘩《けんか》か」

　右京が訊いた。

「いや、喧嘩じゃァねえ。拷問《ごうもん》だ」

　島蔵の声が怒りで昂《たかぶ》っていた。物言いも乱暴である。

「拷問だと」

「五平から何か聞き出すために、棒か竹でたたいたにちげえねえ」

島蔵によると、喧嘩なら殴《なぐ》られた痕が肩口や胸だけでなく、体中についているはずだという。

「うむ……」

右京も島蔵の言うとおりだと思った。

「五平は、何を訊かれたのだ」

「地獄屋の仕事のことでしょうな」

島蔵が、右京に身を寄せて小声で言った。

「……！」

「店の奥に捕らえてある長次のことかもしれねえ」

朴念たちが長次を捕らえ、極楽屋に連れてきて四日経っていた。

長次は、極楽屋の店の奥に監禁したままだった。逃げる気はないようだが、念のために後ろ手に縛ってある。長屋に住んでいる男たちが、交替で世話をしていたのだ。世話といっても、めしは島蔵が用意してやったので、長次に呼ばれたら厠《かわや》へ連れていってやる程度である。

「すると、稲左衛門たちか」

「それしか考えられねえ」

島蔵の顔はけわしかった。

「稲左衛門は、おれたちが命を狙っているのに気付いたのか」

「そこまでは分からねえが、おれたちが長次を連れ出し、口を割らせたことは知ったはずだ」

「いずれにしろ、向こうも、おれたちの命を狙ってくるとみねばならんな」

右京が低い声で言った。

「……油断はできねえ」

島蔵はけわしい顔をして視線を虚空にとめていたが、

「嘉吉、何人か店にやって、戸板と筵《むしろ》を持ってきてくれ」

と、そばに立っていた嘉吉に頼んだ。五平の亡骸《なきがら》を極楽屋へ運んで埋葬してやるのである。

すぐに嘉吉が、集まっていた吉助や稔助など六人の男を極楽屋に走らせた。

6

「安田の旦那、雲行きが妙なんでさァ」

孫八が上がり框《かまち》に腰を下ろして言った。

相生町の庄助店だった。地獄屋にかかわる者たちで、平兵衛の家に立ち寄って話していくのは、右京と孫八ぐらいだった。

右京は、前から刀の好きな御家人の次男坊という触れ込みで平兵衛の家に顔を出し、三年前にまゆみと所帯を持った。そうした経緯があったので、長屋の者たちも右京のことはよく知っていた。孫八はいつも屋根葺きの格好をしていたので、長屋に出入りしても不審を抱かれなかったのだ。庄助店にも、屋根葺きがいたからである。

「極楽屋で、何かあったのか」

平兵衛が訊いた。

すでに、平兵衛は長次を捕らえて口を割らせたことや五平が何者かに殺されたことなどを聞いて知っていた。右京が、極楽屋からの帰りに庄助店に立ち寄って話してくれたのである。

「極楽屋の様子をうかがっているやつが、いるようなんで」

孫八が小声で言った。

「殺し人を狙っているのではないか」

「親爺さんも、そう思ったらしいんだが、どうもちがうようなんでさァ」

「殺し人が狙いではないのか」

「片桐の旦那と朴念の旦那は、ちかごろ仙台堀沿いの通りをひとりで歩いたことがあったようですが、尾けられた様子もねえそうでさァ」

殺し人の命を狙っているなら、跡ぐらい尾けたはずでさァ、と孫八が言い添えた。

「妙だな」

「極楽屋を狙ってるんじゃァねえかと、親爺さんはみてるんで」

そう言って、孫八が平兵衛に目をむけた。

「なに、極楽屋を」

思わず、平兵衛の声が大きくなった。

……狙いは、元締めか！

と、平兵衛は察知した。

ありうることだった。稲左衛門は、地獄屋に殺し人が何人いるかさえつかんでいないだろう。ひとりやふたり、殺し人を始末してもどうにもならないとみたのかもしれない。稲左衛門が、殺し人より元締めを始末すれば、一気に片が付くと踏んだとしても不思議はない。

「旦那もご存じのとおり、極楽屋は日中手薄なんでさァ。夜は大勢男たちが集まっていやすが、昼間は何人もいねえ。日中、押し込まれるとどうにもならねえんで」

孫八の顔に不安そうな色が浮いた。

「孫八の言うとおりだ」

日中、極楽屋を襲われたら、一溜まりもない。島蔵と嘉吉だけでは、太刀《たち》打ちできないだろう。

「それで、元締めが言うには、旦那に昼間だけでも極楽屋にいてほしいそうで」

孫八が平兵衛に顔をむけて言った。どうやら、孫八はこのことを伝えに庄助店に顔を出したようだ。

「分かった。……だが、わしだけでは、どうにもならんぞ」

相手の人数にもよるが、平兵衛だけでは太刀打ちできないだろう。

「いえ、他にも話してありやす」

孫八によると、右京、朴念、甚六の三人にも話してあるという。ただ、三人が極楽屋にとどまるわけにはいかないので、交替になるそうだ。

「わしは、連日でもかまわんぞ」

「元締めも安心しやすぜ」

「さっそく、行くか」

平兵衛は研ぎの仕事がなかったので、長屋にいても極楽屋にいても変わりなかったのだ。

四ツ（午前十時）ごろだった。平兵衛と孫八は長屋を出ると、極楽屋のある吉永町に足をむけた。

平兵衛は愛刀の来国光《らいくにみつ》一尺九寸を腰に帯びた。身幅《みはば》の広い剛刀で、定寸より三、四寸短い。小太刀の俊敏な動きをとりいれるため、平兵衛が刀身を截断《せつだん》してつめたのである。平兵衛は殺しにとりかかるとき、来国光を遣うことが多かった。

極楽屋には、右京と甚六がいた。朴念の姿はなかった。甚六に訊くと、朴念は峰次郎とふたりで、稲左衛門の居所を探りに出かけているそうである。

島蔵は平兵衛と孫八に、酒を飲むか訊いたが、平兵衛たちは断り、腹ごしらえのために茶漬けを作ってもらった。さすがに、日中から酒を飲む気にはなれなかった。

その日、何事もなく過ぎた。暮れ六ツの鐘が鳴ると、稼ぎに出ていた極楽屋の住人たちが、ひとり、ふたりと帰ってきて賑やかになった。

平兵衛は右京と連れ立って極楽屋を出た。暗くなってから、極楽屋が襲われることはないと踏んだのだ。

暗くなると、極楽屋の住人が大勢帰ってくることもあったが、極楽屋のある周辺は、人家がないため深い夜陰にとざされてしまう。襲撃しても、店から外に逃げられたら後を追うことができなくなるのだ。

平兵衛たちが極楽屋に来るようになって三日目だった。その日、店には平兵衛、右京、朴念、嘉吉、島蔵の五人のほかに、この日の仕事からあぶれた与八《よはち》、助十《すけじゅう》、茂吉の三人がいた。

いつも、店の裏手で刀を振っている勇次は、何人かの男といっしょに普請場へ出かけていた。勇次も、働かずにめしを食うわけにはいかなかったのである。

店の飯台を前にし、平兵衛、右京、朴念の三人は、茶を飲んでいた。与八たち三人は奥の部屋へ入ったまま出てこなかった。小博奕でも打っているのだろう。

八ツ半（午後三時）ごろだった。嘉吉が慌てた様子で板場から店に出てきて、

「だ、旦那方、妙なのが三人、店を見ていやす」

と、声をつまらせて言った。

「二本差しか」

朴念が訊いた。

「遊び人らしいのが三人、前の橋のところに」

「なに、三人もか！」

朴念が立ち上がり、戸口へ飛んでいった。

大きな頭を縄暖簾から突き出すようにして店の外を見ている。そこに、島蔵が板場から店に出てきた。顔がこわばっている。

「他にもいるぜ。亀久橋の方から、二本差しが三人、店の方へ歩いてくる」

島蔵が昂った声で言った。板場の裏口から外を覗いて見たのだろう。

「武士が三人か……」

平兵衛の顔がけわしくなった。

そのとき、平兵衛の両手が震えだした。平兵衛は強敵との闘いを意識すると、体が顫《ふる》えだすのだ。真剣勝負の恐怖と気の昂りのせいである。

右京が平兵衛の手の震えを見て、

「安田さん、飲みますか」

と、訊いた。

右京は、平兵衛の体が闘いを前にして顫えだすことを知っていた。ただ、右京は心配しなかった。平兵衛の顫えを、武者震いとみていたのだ。それに、平兵衛の体の顫えは、酒を飲んで酒気が体にまわるととまり、かえって全身に闘気がみなぎってくるのだ。そのことを右京は知っていて、酒を飲むか、平兵衛に訊いたのである。

「頼む」

平兵衛は、飲む気になった。

「元締め、安田さんに酒を頼む」

「よし、すぐに持ってくる」

島蔵は板場に飛んで返した。島蔵も、平兵衛が闘いの前に酒を飲んで闘気を高めることを知っていた。

待つまでもなく、島蔵は貧乏徳利に入れた酒を持ってきて平兵衛に手渡した。

貧乏徳利を受け取った平兵衛は、喉を鳴らして一気に一合半ほど飲み、ひとつ大きく息を吐いた。そして、さらに、もう一合半ほど飲んだ。

酒が臓腑《ぞうふ》に染みていく。体中に酒気がまわり、顔に朱がさし、体全体が熱くなってきた。ちょうど萎れていた草木が水を得て生き生きとしてくるように、平兵衛の全身に気勢が満ち、闘気がみなぎってきた。手の震えはとまっている。

「来るぞ！」

朴念が声を上げた。

「迎え撃つか」

右京が言った。

「やるしかねえ。なに、相手は六人、こっちは五人。ひとりすくないだけだ」

朴念が懐から革袋を取り出した。手甲鈎が入っている。

「敵の六人のなかに、彦造と渋谷がいるかもしれん」

平兵衛は、六人が稲左衛門の手の者ならふたりもくわわっているとみたのである。

「右京、始まったら、外へ出るぞ」

平兵衛が右京に声をかけた。匕首や手甲鈎は狭い家のなかでも闘えるが、刀を振りまわすのは無理である。

「心得ました」

右京が低い声で言った。

7

縄暖簾を分けて遊び人ふうの男が三人、店に入ってきた。三人は戸口に立ち、薄暗い店内に目をやっている。三人の目は血走り、獲物を前にした野犬のようだった。

店内には、平兵衛、右京、朴念、島蔵、嘉吉の五人がいた。五人は戸口から遠い店の隅に散らばっていた。すでに、朴念は手甲鈎を腕に嵌め、島蔵と嘉吉は懐の匕首を握りしめている。

「おい、どうしたい。客を睨みつけて、たいそうな御挨拶じゃァねえか」

三人の真ん中にいた男が、口元に薄笑いを浮かべて言った。眉の濃い、剽悍そうな面構えである。

……彦造だ！

平兵衛は察知した。彦造の人相を聞いていたのである。おそらく、右京や島蔵たちにも、彦造だと、分かっただろう。

彦造たちの後ろから、三人の武士が入ってきた。いずれも、牢人のようだ。ふたりは総髪で、大刀を一本落とし差しにしていた。もうひとりは、月代《さかやき》を剃《そ》って髷を結《ゆ》っていたが、無精髭が伸びていた。袴もよれよれで、身辺に荒《すさ》んだ雰囲気がただよっている。

三人の牢人のなかのひとり、総髪の男が、

「殺し人もいるようだ」

と、くぐもった声で言った。

……あやつが、渋谷だ！

と、平兵衛はみてとった。

牢人は頰がこけ、切れ長の細い目をしていた。話に聞いていた辻斬りのひとり、渋谷重三郎のようだ。渋谷の身辺には、異様な殺気がただよっている。

「奥にいる図体のでけえのが、島蔵だ」

遊び人ふうの男のひとり、痩身の男が言った。

「彦造、島蔵を殺れ！　猪助《いすけ》は、奥だ」

いきなり、渋谷が声を上げた。渋谷が六人のなかでは頭格のようだ。

その声で、戸口に立った六人の男が次々に刀を抜いたり、懐から匕首を取り出したりした。そして、遊び人ふうの男が三人、それに牢人ひとりが、ドカドカと店内に踏み込んできた。

「やろう！　皆殺しにしてやる」

朴念が吼《ほ》えるような声で叫んで、島蔵の前にまわり込んだ。嘉吉も、島蔵に身を寄せた。島蔵を守ろうとしたのである。

右京は無言で動いた。低い八相に構え、素早い足捌《あしさば》きで、三人の牢人のひとりで左手にいた長身の男に迫っていく。

平兵衛は来国光をひっ提げたまま渋谷に近付いた。渋谷が三人のなかでは一番の遣い手とみたのである。

そのとき、店の奥で、ゴツ、とにぶい音がし、ギャッ！と絶叫が上がった。島蔵に迫った男のひとりが、身をのけぞらせている。朴念の手甲鈎で、殴られたらしい。つづいて、空き樽の倒れる音や、飯台の上の箸筒が倒れ、土間に箸が飛び散った音などがひびき、店内が騒然となった。怒号や気合のなかに、「奥だ！」、「長次は奥だ」などという怒鳴り声も聞こえた。

平兵衛は渋谷と相対すると、

「表へ出ろ！ここでは、刀がふるえまい」

と、低い声で言った。

「おぬし、地獄屋の者か」

渋谷が平兵衛を見すえながら訊いた。

「いかにも。地獄の鬼だよ」

平兵衛の顔は豹変《ひょうへん》していた。頼りなげ老人の顔ではなかった。顔はひきしまり、双眸が炯々《けいけい》とひかっている。

「老いた鬼だな」

渋谷の顔に薄笑いが浮いたが、すぐに消えた。平兵衛が尋常な遣い手ではないと察知したのだろう。

「よかろう。表で、勝負だ」

渋谷はすばやい動きで後じさると、平兵衛に体をむけたまま敷居をまたぎ、店から外に出た。

平兵衛は店の外に出ると、渋谷とあらためて対峙《たいじ》した。間合はおよそ四間。斬撃の間境からは遠かった。

平兵衛は刀身を左肩に担《かつ》ぐようにとり、逆八相に構えた。「虎《とら》の爪《つめ》」と称する必殺剣の構えである。虎の爪は、平兵衛が殺しの実戦を通して会得《えとく》した刀法だった。

逆八相に構えたまま、敵の正面に鋭く身を寄せる。一気に間合をつめられた敵は、退《ひ》くか、面に斬り込んでくるしかない。

敵が退けば、なお踏み込み、面にくれば、逆八相から刀身を撥《は》ね上げて敵の斬撃をはじいて、袈裟に斬り込むのだ。

平兵衛の袈裟に斬り込んだ一撃は鎖骨と肋骨を截断し、左脇腹に達するような深い傷を生む。

大きくひらいた傷口から、截断された骨が猛獣の爪のように見える。それゆえ、この剣を虎の爪と称したのだ。

対する渋谷は、上段に構えた。上段らしい高い構えではなかった。額に右の拳をつけ、刀身を寝かせている。低い上段である。

渋谷の顔に訝しそうな表情が浮いた。平兵衛の逆八相の構えは、めずらしい構えだったのだ。

平兵衛も、渋谷の低い上段の構えを見て腑に落ちなかった。突きをはなてるような構えではなかったからである。

……この上段から、突きは無理だ。

と、平兵衛は思った。渋谷の切っ先は、背後にむけられていたのである。

「いくぞ！」

渋谷が先に仕掛けてきた。

足裏を摺《す》るようにして、ジリジリと間合をせばめてくる。しだいに、渋谷の全身に気勢が満ち、斬撃の気配が高まってくる。

……先《せん》をとらねば、勝てぬ！

と、平兵衛は察知した。

イヤアッ！

突如、平兵衛が裂帛《れっぱく》の気合を発して疾走《しっそう》した。虎の爪は、一瞬の鋭い寄り身と敵の真っ向へくる斬撃を恐れぬ剛胆さが命である。

と、渋谷が反応した。

ヤアッ！　と鋭い気合を発し、斬り込んできた。一足一刀の間境の外である。

上段から真っ向へ。

瞬間、真っ向へ斬り下ろした渋谷の刀身がとまった。切っ先が、平兵衛の喉元にむけられている。次の瞬間、渋谷は、トオッ！　と短い気合を発し、突きをみまった。

稲妻のような突きである。

遠間から上段で真っ向へ斬り込み、その切っ先を敵の喉元にとめ、そこから突きをはなったのだ。

迅《はや》い！

真っ向から突きへ。神速の連続技だった。一拍子と思われるような流れるごとき太刀筋である。

間一髪《かんいっぱつ》、平兵衛も反応した。逆八相から袈裟へ。刀身を撥ね上げたのだ。虎の爪の一瞬の太刀捌きである。

キーン、という甲高い金属音がひびき、渋谷の刀身が撥ね上がった。平兵衛が渋谷の突きを弾《はじ》いたのである。

だが、平兵衛は虎の爪の斬撃をふるえず、大きく後ろへよろめいた。しかも、顎から頬にかけて皮膚が裂け、血が流れ出た。渋谷の突きが迅く、平兵衛の撥ね上げる太刀が遅れたのだ。そのため、渋谷の切っ先は平兵衛の喉元まで伸びていて、撥ね上げた瞬間、切っ先で顎から頬にかけて皮膚を裂かれたのである。

ふたりは、ふたたび大きく間合をとって対峙した。渋谷は上段、平兵衛は逆八相に構えている。

「一寸、伸びが足りなかったようだ」

渋谷の口元に薄笑いが浮いている。次は、仕留められるという自信があるのだろう。

「これが、うぬの突きか」

平兵衛が訊いた。

「いかにも、死突《しにづ》きと称す」

渋谷がくぐもった声で言った。

「死突きとな」

平兵衛は、背筋を冷たい物で撫《な》でられたような気がして鳥肌が立った。

渋谷が全身に気勢を込め、ふたたび間合をせばめようとしたときだった。戸口か

ら、中背の牢人が飛び出してきて、

「坂巻《さかまき》が、殺られたぞ！　なかに、殺し人が何人もいる」

と、甲走った声で叫んだ。

その牢人の背後から右京が姿を見せ、さらに後ろから彦造と猪助と呼ばれた男が走りだしてきた。

「長次は、始末した！　このままだと、何人も殺られる」

彦造が叫んだ。彦造の右袖が裂け、血の色があった。

渋谷は素早く後じさると、

「よし、引き上げろ！」

と声を上げ、反転して走りだした。

中背の武士が渋谷の後を追い、さらに彦造と猪助が後を追って駆けだした。

平兵衛は後を追わなかった。刀身をひっ提げたまま、渋谷たち四人の後ろ姿に目をやっている。

そばに走り寄った右京が、

「義父上《ちちうえ》、怪我を！」

と、驚いたような顔をして訊いた。ふたりだけなので、義父上、と呼んだらしい。

「かすり傷だ」

平兵衛の顎から、タラタラと血が流れ落ちていたが、浅く皮膚を斬り裂かれただけである。

「だれか、斬られたのか」

平兵衛が訊いた。

「朴念が腕を……」

右京が小声で言った。


闘いは終わった。踏み込んできた渋谷たち六人のうち、ふたりを討ちとった。右京が坂巻という長身の牢人を斬り、朴念が遊び人ふうの男をひとり、手甲鈎で頭を殴って絶命させたのだ。

平兵衛たち極楽屋の者は、ふたり手傷を負っただけだった。朴念が左腕を匕首で斬られ、嘉吉が太腿《ふともも》を牢人に斬られた。ただ、ふたりの傷は浅く、命にかかわるような傷ではなかった。

「長次を始末した、と彦造が叫んでいたな」

平兵衛が島蔵に訊いた。

「やつらが踏み込んできた狙いは、おれの命と長次を始末することにあったようです」

島蔵によると、彦造といっしょに踏み込んできた猪助という男が奥に駆け込み、後ろ手に縛られていた長次を匕首で突き刺したという。

「なぜ、長次を殺したのだ」

平兵衛が訊いた。

「おれたちに捕らえられて、稲左衛門のことをしゃべったとみたんでしょう。稲左衛門にすれば、子分たちへの見せしめもあったのかもしれやせん」

島蔵が顔をけわしくして言った。

# 第四章　隠れ家

## 1

……平五郎は出てこねえな。

孫八は、路地沿いの灌木《かんぼく》の陰から斜向かいにある家に目をやっていた。路地からすこしひっ込んだところにある妾宅ふうの仕舞屋《しもたや》だった。

孫八は材木町の賭場の近くに張り込み、姿を見せた平五郎の跡を尾けてこの家を嗅ぎつけたのだ。孫八は、平五郎が五十がらみで恰幅《かっぷく》がよく、赤ら顔だと聞いていたので、尾けることができたのである。

そこは、深川冬木《ふゆき》町。町家のすくない寂しい地だった。仕舞屋には、お滝《たき》という平五郎の妾《めかけ》が住んでいた。平五郎は、お滝のところに足繁く通ってくるようだった。

孫八が灌木の陰に身をひそめて、仕舞屋を見張り始めて一刻（二時間）ほど過ぎていた。まだ、平五郎は家にいるらしく、ときおりくぐもったような男の声と女の声が聞こえてきた。

孫八は、平五郎の跡を尾けることで、稲左衛門の隠れ家がつきとめられるのではないかとみていた。平五郎が稲左衛門の隠れ家を訪ねなくとも、繋ぎ役の子分と接触し、その子分を手繰《たぐ》ることで稲左衛門の居所が知れるかもしれない。

七ツ（午後四時）ごろだった。陽は西の空にかたむいていたが、まだ陽射しは強かった。平五郎の家の脇の太い欅が空いっぱいに枝葉を広げ、長い影を伸ばしていた。風のない静かな午後である。

……そろそろ、賭場へ出るころだがな。

孫八が胸の内でつぶやいた。

平五郎は陽が沈む前に妾宅を出て、材木町の賭場に顔を出すことが多かった。もっとも、その前に子分が三、四人迎えにきて、いっしょに材木町へ向かうのである。

そのとき、路地の先に人影が見えた。こちらに歩いてくる。細縞の小袖を尻っ端折りし、股引に草鞋《わらじ》履きだった。

……ただの通りすがりか。

職人ふうの男だった。それに、ひとりである。いつもの子分とはちがうようだ。

男は初老だった。鬢や髷に白髪が目立つ。男は足早に仕舞屋に近付き、家の前で足をとめた。そして、警戒するように路地の左右に目をやってから、戸口に近付いた。

どうやら、平五郎の妾宅を訪ねてきたようだ。これまで孫八が目にしたことのある平五郎の子分ではない。近所の住人や物売りでないことも確かである。

……稲左衛門との繋ぎ役かもしれねえ。

そう思ったとき、孫八の脳裏に弥市の名が浮かんだ。

長次が吐いたところによると、平五郎と稲左衛門の繋ぎ役は、弥市という名で初老とのことだった。

……弥市の頰には、刀傷があるはずだ。

孫八は、刀傷のことも聞いていたのだ。

だが、すでに男は平五郎の妾宅に入っていた。頰の傷を確かめるわけにはいかない。

孫八は路傍の灌木の陰から路地に出た。家の脇の欅の幹の陰に、あらためて身を隠そうと思ったのだ。その欅の陰なら戸口に近く、男が家から出てきたとき、頰の傷を確かめられるだろう。

欅の幹に身を寄せると、家のなかの話し声が聞こえてきた。平五郎が、訪ねてきた初老の男と話しているようだ。ただ、声がちいさく話の内容までは聞き取れなかった。

孫八が欅の幹の陰に身を隠して、小半刻（三十分）もしただろうか。家のなかで、障子をあけしめする音がし、戸口の方へ近付いてくる足音が聞こえた。

……出てくるぞ。

孫八は幹の陰から戸口に目をむけた。

戸口の引き戸があいて、初老の男が姿を見せた。初老の男の左頰が見えたが、刀傷はなかった。ただ、右頰は見えない。

初老の男につづいて平五郎が戸口に出てきて、親分によろしくな、と声をかけた。

初老の男が振り返り、また、寄らせてもらいますよ、と答えた。

男が振り返ったとき、右頰が見えた。

……刀傷だ！

孫八が胸の内で叫んだ。男の頰から顎にかけて、刀傷があった。弥市にまちがいない。

弥市は足早に戸口から離れていった。平五郎はきびすを返して家に入ると、すぐに引き戸をしめた。

弥市の背が半町ほど遠ざかったとき、孫八は欅の陰から路地に出た。跡を尾けて行き先を確かめるのである。

弥市は仙台堀沿いの通りに出ると、西に足をむけた。町家のつづく、堀沿いの道を足早に歩いていく。

孫八は弥市から半町ほど間を取り、路傍の樹陰や天水桶の陰などに身を隠しながら跡を尾けた。

弥市は海辺橋のたもとへ出ると、左手におれた。そこは万年町である。通りの左手には、寺院がつづき、右手は万年町の町家が軒を連ねていた。人通りは多かった。寺院が多いせいか町人たちに混じって、雲水の姿も目についた。

万年町の町筋に入って三町ほど歩いたとき、弥市は右手の路地に足をむけた。そこは寂しい路地だった。小体な店や古い仕舞屋などが点在していたが、空き地や笹藪などが多かった。

弥市は路地沿いにあった古い借家ふうの仕舞屋に入った。

孫八は家の脇の笹藪の陰に身を寄せ、

……ここが、やつの塒か。

と、つぶやいた。

耳を澄《す》ますと、家のなかからしゃがれた男の声と女の声が聞こえた。弥市が家にいる女と何か話しているらしい。

孫八はいっとき笹藪の陰に身を隠して家のなかの様子をうかがっていたが、話し声も聞こえなくなったので、その場を離れた。そして、路地を一町ほど歩き、小体な八百屋《やお》の店先にいた親爺に話を聞いてみた。

孫八が睨んだとおり、初老の男は弥市だった。親爺によると、弥市は数年前からお勝《かつ》という女房とふたりで、借家に住んでいるという。

「何をして、暮らしてるんだい」

孫八が親爺に訊いた。

「何をしてるんだか分からねえ。近所付き合いもねえんだ」

親爺の顔に嫌悪《けんお》の色が浮いた。

「ああやって、女房とふたりだけで暮らしているのかい」

「うろんなやつらが、出入りしてるようでさァ」

親爺によると、遊び人のような男や徒牢人《いたずらろうにん》などがときどき弥市の家を訪ねてくるという。

「おれが、世話になった男じゃァねえようだ」

孫八は、むかし世話になった男かもしれねえ、と言って、親爺に弥市のことを訊いたのだ。

「あいつには、近付かねえ方がいいよ」

親爺が、もっともらしい顔をして言った。

翌日から、孫八は峰次郎の手も借りて弥市の家の近くに張り込み、弥市だけでなく、家に姿を見せた男の跡も尾けてみた。

五日ほどして、孫八たちは稲左衛門の子分ふたりと用心棒らしい牢人をひとりつきとめた。子分のひとりは極楽屋へ押し入ってきた猪助だった。もうひとりは、猪助の弟分の谷次郎《やじろう》という男である。

牢人の名は岸塚権十郎《きしづかごんじゅうろう》。極楽屋に渋谷たちと押し込んできた中背の牢人だった。平五郎の賭場の用心棒をしていたらしいが、いまは猪助たちといっしょに行動することが多いようだった。

肝心の稲左衛門の隠れ家はつかめなかった。ただ、稲左衛門のことがまったく分からなかったわけではない。稲左衛門が、深川黒江《くろえ》町にある料理屋「吉川《よしかわ》」の女将を贔屓《ひいき》にしていて、ときおり顔を出すことが分かった。それに、山本町の駒乃屋にも、姿を見せることがあるようである。

2

島蔵は孫八と峰次郎から話を聞くと、

「岸塚は始末しちまうか」

と、目をひからせて言った。

極楽屋だった。店のなかには、島蔵、孫八、峰次郎、それに右京と朴念がいた。朴念はまだ左腕に分厚く晒《さらし》を巻いていた。すでに、出血はとまっていたが、動かすと傷口がひらくので念のために巻いていたのである。

「おれが、やってもいいぞ」

朴念が低い声で言った。

「いや、片桐の旦那に頼もう。まだ、手甲鈎を遣うのは無理だろうよ」

島蔵が言うと、朴念が、

「もうすこし、辛抱《しんぼう》するか」

と、渋い顔をして言った。

右京は表情も変えず、黙ってうなずいただけである。

「手引きは、あっしらでやりやすぜ」

孫八が言うと、峰次郎もうなずいた。

「猪助と谷次郎は、どうしやす」

峰次郎が訊いた。

「どちらかつかまえて、口を割らせる手もあるな。……いずれにしろ、岸塚の始末がついてからだ」

「よし、そのときはおれがやろう」

朴念が左腕を撫でながら言った。

右京たちは、その日のうちに動いた。陽が西の空にまわったころ、極楽屋を出て深川大島《おおしま》町に足をむけた。岸塚は大島町の借家に住んでいたのである。

右京たちは亀久橋を渡り、堀沿いの道をたどって入船町へ出た。そして、富ヶ岡八幡宮の門前を通って、賑やかな門前通りを西にむかった。

一ノ鳥居をくぐり、黒江町に入っていっとき歩いたところで、右京たちは左手の通りにおれた。その通りは、蛤《はまぐり》町を経て大島町へとつづいている。

大島町の町筋に入って間もなく、

「片桐の旦那、こっちですぜ」

と、孫八が右手の細い路地に入った。

そこは小体な店や表長屋などがごてごてつづいている裏路地だったが、すこし歩くと小店や長屋はすくなくなり、荒れ地や笹藪などが目立つようになってきた。

丈の高い雑草でおおわれた荒れ地の前まで来たとき、

「その家でさァ」

と言って、孫八が斜向かいにある古い家を指差した。借家ふうの小体な家である。

「岸塚はいるかな」

右京は、岸塚がいなければ出直すつもりだった。

「あっしが見てきやしょう」

そう言い残し、孫八は足音を忍ばせて家に近付いた。

右京と峰次郎は、群生した芒《すすき》の陰にまわって孫八がもどってくるのを待った。

いっときすると、孫八は小走りにもどってきた。

「旦那、岸塚はいるようですぜ」

孫八によると、声は聞こえなかったが、家のなかから床板を踏むような音が聞こえたという。

「岸塚は独り暮らしなのか」

「いまは、独りのようですぜ」

すでに、孫八たちは近所で岸塚のことを聞き込んでいたのだ。孫八たちが聞き込んだことによると、岸塚は借家に女とふたりで住んでいたらしいが、一月ほど前に女が家から出ていき、その後は岸塚がひとりで暮らしているという。もっとも、家にいることはすくなく、他の場所に女ができたのだろう、と近所の住人たちは噂していた。

「ならば、外に引き出して始末するか」

右京は芒の陰から路地に出た。

細い路地に人影はなかった。家の脇が空き地になっているので、そこで立ち合うことができそうだ。

右京は家の前まで来ると足をとめ、

「裏口もあるのか」

と、孫八に訊いた。

「へい、裏手も空き地になっていやすが、細い路地があるようで」

「念のためだ。峰次郎とふたりで裏手にまわってくれ」

右京は、岸塚が裏口から出てきても、手を出すな、と言い添えた。孫八と峰次郎は匕首を持っていたが、岸塚が刀をふるうと太刀打ちできないとみたのである。

「承知しやした」

孫八が答え、ふたりは家の脇を通って裏手にまわった。

右京は戸口に近付いた。引き戸がすこしあいたままになっている。右京が手をかけて引くと、戸は簡単にあいた。

土間の先に狭い板敷きの間があり、その奥に障子がたててあった。その障子の先にひとのいる気配があった。ただ、人声はむろんのこと何の物音もしなかった。障子の向こうで、岸塚が戸口の気配をうかがっているのかもしれない。

「岸塚権十郎、いるか」

右京が声を上げた。

すると、障子の向こうでひとの動く気配がし、畳を踏む音が聞こえた。

ガラリ、と正面の障子があいた。姿をあらわしたのは、中背の牢人だった。浅黒い顔に見覚えがあった。極楽屋に踏み込んできた牢人のひとりである。岸塚にまちがいないようだ。

「こ、殺し人か！」

岸塚が、声をつまらせて言った。顔がひき攣《つ》っている。

「いかにも。おぬしを斬りに来た」

右京の物言いは静かだった。

「お、おのれ!」

すぐに、岸塚が反転した。

逃げようとしたのではなかった。岸塚は座敷の隅に置いてあった刀を手にすると、もどってきて、

「おぬし、ひとりか」

と、目をつり上げて訊いた。腕に覚えがあるのだろう。

「おぬしを斬るには、おれひとりで十分だ。……ただ、裏手は固めてあるぞ。おぬしを逃がさぬためにな」

「たたっ斬ってくれるわ!」

岸塚が吼えるような声で叫び、手にした大刀を腰に差した。顔が憤怒で、赭黒く染まっている。

「ここは狭い。表へ出ろ」

右京はゆっくりと後じさった。

「よし!」

岸塚は座敷から板敷きの間に出てきた。

右京は岸塚と対峙したまま敷居をまたぐと、さらに家の脇の空き地へ後じさった。

3

空き地は雑草でおおわれていた。ただ、大きな草株や蔓草《つるくさ》はなかった。それほど足場は悪くない。

右京は岸塚と相対した。ふたりの間合は、およそ四間。まだ、斬撃の間境からは遠かった。ふたりは、まだ抜刀していなかった。右京は両腕を垂らしたまま、刀の柄も握っていなかった。岸塚は右手で柄を握っていたが、まだ抜いていない。

陽は家並の向こうに沈んでいた。西の空は、血を流したような夕焼けに染まっている。まだ辺りは明るかったが、家の軒下や笹藪の陰などには夕闇が忍び寄っていた。淡い夕闇のなかに、右京と岸塚の姿が浮かび上がったように見えている。

「立ち合う前に、おぬしに訊いておきたいことがある」

右京が静かな声で言った。

「なんだ」

「渋谷重三郎を知っているな」

「知っている」

岸塚は右京の問いに答えた。渋谷のことを隠す気はないようだ。

「渋谷は金のために町人たちを斬ってきた男だが、おぬしの仲間か」

「仲間ではない。稲左衛門が、用心棒にくわえたのだ」

「渋谷のことは知らなかったのか」

さらに、右京が訊いた。

「いや、知っていた。あやつとは、若いころ、小暮《こぐれ》道場で同門だったのでな。だが、話したこともない。あやつとは道場にいるときから、馬が合わなかったのでな」

岸塚の顔に薄笑いが浮いたが、すぐに消えた。

「小暮道場というと、神道無念流《しんとうむねん》流か」

右京は、神田小柳《こやなぎ》町に小暮又七郎《またしちろう》という男が、神道無念流の道場をひらいているのを知っていた。小暮は神道無念流の道統、斎藤弥九郎《さいとうやくろう》の道場、練兵館《れんぺいかん》で修行した男で、独立して町道場をひらいたのである。

「あの男、死突きと称する突き技を遣うそうだな」

右京は、平兵衛から死突きのことを聞いていたのだ。

「小暮道場にいるときから、渋谷は稽古のおりに突きばかり狙ってな、突きの渋谷と言われていたよ。死突きは、渋谷がひとを斬るようになって工夫した技らしいが、おれも道場を出た後のことは知らん」

「死突きとは、妙な名だな」

「死突きは、己の身を捨て死を賭《と》して飛び込むことから、そう呼ばれるようになったと聞いた覚えがある」

話し終わると、岸塚は左手で鍔元《つばもと》を握り、鯉口《こいぐち》を切った。

「死を賭して飛び込む突きか。……ところで、渋谷と同門となると、おぬしも神道無念流を遣うのだな」

右京はまだ両腕を垂らしたままである。

「いかにも。……おぬしの流は」

岸塚が訊いた。

「鏡新明智流」

右京はゆっくりとした動作で右手を柄に添え、左手で鯉口を切った。

ふたりは、ほぼ同時に抜刀した。ふたりの刀身が西の空の夕焼けを反射《はね》て、赤くひかった。

岸塚は青眼に構えた。切っ先が、右京の目線につけられている。隙《すき》のない構えだった。

……なかなかの遣い手だが、肩に凝《こ》りがある。

と、右京はみてとった。

岸塚は隙のない構えをとっていたが、肩に力が入り過ぎて凝りがあった。気の昂りと真剣勝負の恐怖のせいであろう。肩の凝りや力みは一瞬の反応を遅くし、太刀捌きを硬くするのだ。

対する右京は八相に構えた。ゆったりとした大きな構えである。

「行くぞ!」

右京が先に仕掛けた。

爪先で雑草を分けながら、すこしずつ間合をせばめていく。辺りは静寂につつまれ、ズッ、ズッ、と右京の雑草を分ける音がひびいた。

間合がせばまるにつれ、ふたりの間の緊張が高まり、斬撃の気配がみなぎってきた。

右京が一足一刀の間境の半歩手前まで迫ったときだった。

つ、と岸塚が切っ先を前に突き出した。牽制《けんせい》だった。切っ先を動かすことで、右京の寄り身をとめようとしたのだ。

岸塚が切っ先を突き出した瞬間、右京が半歩踏み込んだ。

次の瞬間、右京の全身に斬撃の気がはしり、体が躍動《やくどう》した。

間髪《かんはつ》をいれず、岸塚も反応した。

イヤアッ！

タアッ！

ふたりはほぼ同時に鋭い気合を発し、斬り込んだ。

右京が八相から袈裟へ。

岸塚は青眼から踏み込みざま袈裟へ。

袈裟と袈裟。二筋の閃光がふたりの眼前で合致《がっち》し、甲高い金属音とともに刀身がはじきあった。

次の瞬間、岸塚の体が大きく揺れ、後ろへよろめいた。右京の斬撃が一瞬早《はや》く、しかも踏み込んでの強い斬撃だったので、岸塚は斬撃を受けた瞬間、腰がくだけたのである。

すばやく右京が踏み込んだ。

刀身を引きざま真っ向へ。流れるような体捌きからくりだした二の太刀だった。

咄嗟《とっさ》に、岸塚は右京の斬撃を受けようとして刀身を振り上げたが、一瞬間に合わなかった。

右京の斬撃が、岸塚の眉間《みけん》をとらえた。

にぶい骨音がし、岸塚の額から鼻筋にかけて血の線がはしった。次の瞬間、額が柘榴《ざくろ》のように割れ、血と脳漿《のうしょう》が飛び散った。

岸塚は顔を奇妙にゆがめたまま腰から沈み込むように倒れた。悲鳴も息の音も聞こえなかった。一撃で絶命したようである。

叢に横たわった岸塚は四肢《しし》を痙攣《けいれん》させていたが、動かなかった。顔は熟柿のようである。岸塚の額から流れ落ちた血が、雑草に当たって音をたてた。叢のなかで、何匹もの虫が這《は》っているような音である。

右京は血刀をひっ提げたまま、倒れている岸塚の脇に立っていた。白皙が朱を刷いたように染まっている。

右京がひとつ大きく息を吐くと、しだいに顔の赤みが薄れてきた。ひとを斬った高揚が収まってきたのである。

右京の背後で足音が聞こえた。振り返ると、孫八と峰次郎が駆け寄ってくる。

「だ、旦那、やりやしたね」

孫八が興奮した面持ちで言った。

峰次郎は、横たわった岸塚の凄絶な死顔を見て息を呑んでいる。

右京は懐紙で刀の血を拭うと、納刀し、

「長居は無用」

と言い置いて、歩きだした。

4

右京が岸塚を仕留めた三日後、今度は朴念と甚六が仕掛けることになった。猪助と谷次郎を襲い、どちらかを捕らえるのである。

当初、朴念は手引き人といっしょにやるつもりだったが、

「相手はふたりだし、まだ、朴念の傷は治りきってねえ。甚六の手を借りた方がいい」

と、島蔵が強く言い、甚六も同行することになったのだ。

猪助と谷次郎は、深川熊井《くまい》町の長屋に住んでいた。熊井町は永代橋の下流、大川の河口沿いにひろがっている。

「舟が用意してある」

島蔵が用意した猪牙舟が、極楽屋の前の掘割につないであった。長次を極楽屋に連れてきたときに使った舟である。

舟に乗ったのは、朴念、甚六、孫八、峰次郎の四人である。艫《とも》に立って櫓《ろ》を漕ぐのは、峰次郎だった。峰次郎は舟の扱いにも慣れていた。

朴念たちの乗る舟は、仙台堀を西にむかった。大川に出て下流にむかえば、熊井町はすぐである。

七ツ（午後四時）ごろだった。陽は西の空にかたむいていたが、仙台堀の水面には強い陽射しが反射て、黄金色にかがやいていた。水押しのたてる水飛沫が白くひかり、舟の両側に飛び散っている。

「ふたりの塒は、なんという長屋だ」

朴念が大きな声で孫八に訊いた。水押しのたてる水飛沫の音で、大きな声でないと聞き取れないのだ。

「吉五郎店《きちごろうだな》でさァ」

孫八によると、古い棟割り長屋だという。孫八たちは、猪助たちの身辺も洗っていたのだ。

「ふたりで、同じ家に住んでいるのか」

「猪助の家に、谷次郎が転がり込んだようでさァ」

吉五郎店には、猪助がひとりで住んでいたらしいが、そこへ弟分の谷次郎が入り込んで、いっしょに暮らすようになったそうだ。暮らすといっても、めしは外で食っているようだし、猪助には情婦《いろ》もいるようなので、寝起きするだけらしい。

「いずれにしろ、長屋に踏み込んで仕掛けると大騒ぎになるな」

朴念が、甚六にも聞こえるような声で言った。

そんなやり取りをしている間に、舟は大川へ出た。峰次郎は、巧みに櫓をあやつって水押しを下流にむけた。舟は大川の流れに乗って、川面をすべるように下っていく。

永代橋をくぐり、さらに下流に進んだところで、峰次郎は水押しを左手にむけた。川沿いにひろがっている町並が熊井町である。

「舟を付けやすぜ」

峰次郎が水押しを右手にある桟橋にむけた。

ちいさな桟橋で、猪牙舟が三艘舫ってあるだけだった。峰次郎は舫ってある舟の脇に船縁を寄せて桟橋に舟を付けると、

「下りてくだせえ」

と、声をかけた。

朴念たち三人は、いそいで桟橋に飛び下りた。そして、峰次郎が舟を舫い杭《ぐい》につなぐのを待ってから、川沿いの通りへ出た。

「吉五郎店は、こっちですぜ」

先に立ったのは孫八である。

大川端の通りには、ちらほら人影があった。まだ、陽は大川の先の日本橋《にほんばし》の家並の上にあった。通り沿いの店屋も、商いをつづけている。

孫八は大川沿いの道を二町ほど歩いたところで、左手の路地に入った。小店や表長屋などが軒を連ねている路地で、思ったより人通りが多かった。長屋の女房、ぼてふり、風呂敷包みを背負った行商人らしき男などが行き交い、長屋につづく路地木戸の前では子供たちが遊んでいた。江戸の裏路地でよく見かける光景である。

孫八は下駄屋の脇にある路地木戸を指差しながら、

「ここが、吉五郎店でさァ」

と言ったが、足はとめなかった。

そこで立ちどまっていると、通行人の目にとまるのだ。孫八は路地木戸から一町ほど歩いたところにあったちいさな稲荷の前で足をとめた。狭いが境内があり、祠の脇へ行くと路地からは見えなかった。

「どうしやす、暗くなってから踏み込みやすか」

孫八が訊いた。いま、長屋に踏み込んで、仕掛けるのは無理とみたようだ。

「暗くなってからでも、大騒ぎになるな」

朴念が渋い顔をして言った。家に踏み込んで、始末するだけではなかった。ひとり捕らえて連れ出すのである。

「やつら、夕めしを食いに外へ出るんじゃァねえのかい」

甚六が訊いた。

「この先に、一膳めし屋がありやしてね。そこに、行くことがあるようでさァ」

孫八が言った。

「その帰りに仕掛けりゃァ、騒ぎにならねえぜ」

そう言って、甚六が男たちに目をやった。

「ですが、食いに出てくるかどうか、分からねえ」

と、孫八。

「出てこなかったら仕方がねえ。夜になってから、長屋に踏み込もうじゃァねえか」

朴念が言うと、孫八たち三人がうなずいた。

「ともかく、長屋にいるかどうか、あっしが見てきやすぜ」

そう言い残し、孫八は小走りに稲荷の境内から出ていった。

孫八はすぐにもどってこなかった。もどってきたのは、半刻（一時間）ほど経ってからだった。

「どうした、何かあったのか」

すぐに、朴念が訊いた。

「いえ、長屋に猪助も谷次郎もいなかったんでさァ」

「いなかったのか」

「へい、それで、ちょいと待ってたんで」

孫八が長屋の隅の芥溜の脇に身を隠してしばらく待つと、猪助と谷次郎が姿を見せ、自分たちの家に入ったのを見てから引き返してきたという。

「いまは、ふたりとも長屋にいるのだな」

朴念が念を押すように訊いた。

「いるはずでさァ」

孫八が答えると、つづいて峰次郎が、

「次は、あっしの番だな。旦那たちは、ここにいてくだせえ」

と言い残し、その場を離れた。峰次郎は路地木戸のそばで見張っていて、猪助たちが動いたら知らせるつもりなのだ。

5

六ツ半（午後七時）ごろであろうか。稲荷の境内は濃い夕闇につつまれていた。まだ、かすかに西の空には残照があったが、上空は藍色に染まり、星がまたたいている。稲荷の前の通りはひっそりとして、通りかかる人影もすくなくなってきた。

「やつら、夕めしを食いに出てこないのかな」

朴念が腹を押さえて渋い顔をした。どうやら、朴念も腹がへってきたらしい。

「握りめしでも持ってくればよかったな」

甚六も、退屈そうに長脇差の柄を手でたたいている。

そのとき、路地の先に目をやっていた孫八が、

「峰次郎が来やすぜ」

と、声を上げた。

見ると、夕闇のなかに峰次郎の姿が見えた。こちらに走ってくる。

峰次郎は祠の前に集まっている朴念たちのそばに走り寄ると、

「ふたりが、こっちに来やすぜ」

と、荒い息を吐きながら言った。

「来たか!」

朴念が声を上げた。

「よし、支度《したく》をしろ」

甚六がすぐに裾高に尻っ端折りし、懐から細紐《ほそひも》を取り出して襷をかけた。まるで、喧嘩装束《でいりしょうぞく》のようだ。

朴念も襷で両袖を絞り、右手に手甲鈎を嵌めた。孫八と峰次郎は、両袖をたくし上げただけである。

「来たぞ」

孫八が声を殺して言った。

夕暮れのなかに、ふたりの男の姿が浮かび上がったように見えた。雪駄の音も、はっきりと聞こえるようになってきた。

猪助と谷次郎は何かしゃべりながら、朴念たちが身をひそめている稲荷の前に近付いてきた。

朴念たちは息をひそめて、猪助と谷次郎が通りかかるのを待っている。

猪助たちふたりが、朴念たちのまえを通りかかった。

「いくぞ！」

小声で言い、朴念が飛び出した。つづいて、甚六、孫八、峰次郎がつづいた。

朴念は巨漢だが、足は速い。まるで、巨熊のようである。

四人の足音がひびき、稲荷の境内から路地に四つの人影が飛び出した。

猪助と谷次郎は、ギョッ、としたようにその場に立ちすくんだ。一瞬、何が飛び出してきたか分からなかったらしい。

朴念が猪助の前に、甚六が谷次郎の前に立ちふさがった。孫八と峰次郎は、すばやくふたりの後ろにまわり込んだ。

「て、てめえらは、極楽屋の！」

猪助が朴念を見て、ひき攣《つ》ったような声を上げた。谷次郎は凍りついたようにつっ立っている。

「この前の礼をさせてもらうぜ」

朴念は右手の手甲鈎を振り上げて、猪助に迫った。

猪助は悲鳴のような声を上げて後じさった。朴念の巨獣のような姿を見て、恐れをなしたようだ。

「逃がすか！」

朴念は叫びざま、すばやく踏み込んだ。

猪助が逃げようとして反転したとき、朴念が右腕に嵌めた手甲鈎を振り下ろした。

爪で顔を引き裂こうとしたのだが、その一撃がそれて猪助の肩をとらえた。

バリッ、と着物が裂けた。肩から背中にかけて、手甲鈎の爪が皮膚ごと引き裂いた。あらわになった肌から血が噴いている。

ギャッ！　と凄まじい絶叫を上げて、猪助が身をのけぞらせた。なおも、猪助は身をよじるようにして前に逃れようとした。すると、猪助の前になった孫八が、脇に動きながら片足を猪助の前に出した。

猪助は孫八の足に爪先をひっかけ、飛び込むような勢いで前に転倒した。腹這いになった猪助は、なおも這って逃れようとした。

「逃がすかい！」

孫八が腹這いになっている猪助の上に馬乗りになり、猪助の両手を後ろに取った。

「た、助けて！」

素早い動きである。

猪助は肩から背にかけて肌を裂かれ、血まみれになって呻《うめ》き声を上げている。

朴念は谷次郎に目を転じた。様子を見て、甚六に助太刀しようと思ったのだが、その必要はなかった。

谷次郎は両手で腹を押さえてうずくまっていた。苦しげな呻き声を洩らしている。

その谷次郎の首筋に、甚六が長脇差の切っ先を突きつけていた。

「甚六、そいつの腹を斬ったのか」

朴念が訊いた。

「いや、峰打ちだ。死ぬようなこたァねえ」

甚六が声を上げた。

朴念は、猪助に馬乗りになっている孫八に目を転じ、

「どうする、こいつは始末しちまうか」

と、訊いた。ふたりのうち、ひとりだけ捕らえて、極楽屋に連れていくことになっていたのだ。

「旦那、こいつも連れていきやしょう。どっちかが、口を割るんじゃァねえかな」

孫八が言った。

「殺《や》るのは、いつでもできるからな」

そう言って、朴念がニタリと笑った。

それから、猪助と谷次郎に猿轡をかませ、後ろ手に縛り上げた。そして、夜陰にまぎれて桟橋に繋いである舟まで連れていき、大川を溯《さかのぼ》り仙台堀をたどって極楽屋へむかった。

その夜、猪助と谷次郎から話を聞かなかった。店の奥の座敷にとじこめておいただけである。

朴念たちが極楽屋へ着いたのは、かなり遅くなっていたし、ひどく腹がすいていたので、ともかく何か食いたかったのだ。

6

翌朝、まず谷次郎から話を聞くことにした。猪助より、谷次郎の方が簡単に吐くとみたのである。

店の奥の小座敷に引き出された谷次郎は、顔が紙のように蒼ざめ、身を顫わせていた。

座敷に顔をそろえたのは、島蔵、朴念、甚六、孫八、峰次郎の五人である。

いつものように、島蔵が谷次郎から聞き出すことになった。

「猿轡をとってやんな」

島蔵がおだやかな声で切り出した。

すぐに、孫八が谷次郎の猿轡をはずした。谷次郎は何も言わなかった。低い呻き声を洩らしているだけである。

「谷次郎、そう心配するな。おめえを、とって食うつもりはねえんだ」

島蔵が目を細め、やさしい声で言った。閻魔のような顔が奇妙にゆがみ、よけい不気味である。

「谷次郎、おめえは猪助の弟分だな」

「へえ……」

谷次郎が首をすくめながら答えた。

「おめえ、狛犬の彦、こと彦造を知ってるな」

島蔵が顔の笑みを消して訊いた。

「し、知らねえ……」

谷次郎が、声を震わせて言った。

「おい、谷次郎。おめえ、おれたちを嘗めてるんじゃァねえのか。猪助とつるんで遊んでるおめえが、知らねえはずはねえだろう」

島蔵が谷次郎を睨みすえて言った。牛の目のような大きな目玉である。

「……！」

谷次郎は、激しく身を顫わせた。

「おれたちは、たたいたり、顔を水につけたり、蠟燭《ろうそく》を垂らしたり……、そんなけちな拷問《せめ》はしねえぜ。ここは、地獄だ。まず、耳と鼻を削《そ》いでな、それでもだめなら、裏にあるでけえ釜を使うのよ。そいつで、茹《ゆ》で上げるんだ」

島蔵が口元に薄笑いを浮かべ言った。

「もう一度、訊くぜ。彦造を知ってるな」

「……！」

さらに、谷次郎の顫えが激しくなった。

「白《しら》を切るなら、まず耳を削ぎ落とすぞ。……彦造を知ってるな」

島蔵が恫喝するような声で訊いた。

「へ、へい……」

谷次郎が、蚊の鳴くような声で答えた。

「やつの塒はどこだ」

「し、知らねえ」

「知らねえだと！」

島蔵が怒鳴り声を上げた。

「ほんとに知らねえんだ。彦造の兄イは、情婦《いろ》のところにいることが多いと聞いてるだけなんで……」

「彦造の情婦はどこにいる？」

「門前仲町の『小鶴《こづる》』ってえ、小料理屋でさァ」

谷次郎によると、彦造の情婦はおれんという名で、小鶴の女将をしているという。

永代寺門前仲町は、富ヶ岡八幡宮の門前通りにひろがっていて、深川でも賑やかな繁華街として知られていた。

「小鶴な」

島蔵は、それだけ分かれば彦造の居所はつかめると思った。

「渋谷重三郎を知ってるな」

島蔵が声をあらためて訊いた。

「へい」

「渋谷の塒はどこだ」

「し、知らねえ。……嘘じゃァねえ。渋谷の旦那は、ひとっ所に腰を落ち着けてねえんだ」

谷次郎が慌てて言った。

「居所を変えているのか」

「はっきりしたことは知らねえが、いまは親分のそばにいるはずだ」

「親分というと、稲左衛門だな」

「へい」

「稲左衛門の用心棒をしているのか」

「そうでさァ。親分のそばには、いつも三人ほど腕の立つのがいるそうですぜ。彦造の兄イもそのひとりらしいや」

「うむ……」

となると、稲左衛門の身辺には、渋谷と彦造のほかにもうひとりいることになる。

「ところで、稲左衛門の隠れ家はどこだ」

島蔵は、念のために訊いてみた。

「分からねえ。親分の居所は、子分にも分からねえんだ」

谷次郎が首をすくめて言った。

「用心深いやつだな」

それから島蔵は、稲左衛門の身辺にいる子分のことや平五郎のことなども訊いたが、谷次郎が答えたのは、すでに島蔵たちがつかんでいることばかりだった。

島蔵は、谷次郎につづいて猪助を小座敷に連れてきた。猪助の小袖は肩から背中にかけて裂け、上半身血まみれになっていた。傷口からは、血が流れ出ている。体が小刻みに顫え、顔も土気色をしていた。

猪助の顔色を見た島蔵は、

……こいつ、長くねえ。

と、胸の内でつぶやいた。出血が激しく、長くはもたないとみたのである。

当初、猪助は何を訊いても口をひらかなかったが、谷次郎が口を割ったことを知ると、自分からしゃべりだした。

ただ、猪助もたいしたことは知らなかった。彦造が、小鶴にいることが多いこと、渋谷が用心棒として、稲左衛門のそばにいるらしいことなどをとぎれとぎれに話した。

猪助が話したことで新たに分かったことといえば、稲左衛門のそばに用心棒として、北沢東兵衛《きたざわとうべえ》という牢人がいることぐらいだった。北沢は渋谷と彦造が稲左衛門とかかわりをもつ前から、用心棒として稲左衛門のそばにいたという。

……北沢東兵衛か。

島蔵は、いずれ北沢も斬らねばならないだろうと思った。

その日の夕方、猪助は死んだ。

島蔵たちは、店の裏手の竹藪の脇に猪助を埋葬してやった。

## 7

平兵衛は、たくあんを茶請けにして茶を飲んでいた。おしげが、旦那の分も切ったから、と言って、たくあんを持ってきてくれたのだ。このところ、刀を研ぐ仕事がなかったので、日中はやることがない。それで、たくあんを茶請けにして茶を飲もうと思い、湯を沸かして茶を淹《い》れたのだ。

四ツ（午前十時）ごろだった。すこし前まで、腰高障子に朝日が当たり白くかがやいていたのだが、いまは陽が高くなり、障子はくすんだように黄ばんで見える。土間が、何となく薄暗い。

そのとき、腰高障子の向こうで足音がした。だれか、近付いてくるようだ。

……右京か。

聞き覚えのある足音だった。右京らしい。

足音は腰高障子の向こうでとまり、すぐに障子があいた。やはり、右京である。

「右京、ひとりか」

平兵衛が訊いた。そばに、まゆみの姿がなかった。

「ええ、今日は義父上《ちちうえ》といっしょに極楽屋へ行こうかと思って」

右京が笑みを浮かべて言った。

「まァ、入ってくれ。ちょうど、茶が入ったところだ」

平兵衛は、すぐに立ち上がった。

右京は何も言わなかった。戸口に立って刀を鞘ごと抜くと、上がり框に腰を下ろした。

平兵衛は急須に鉄瓶の湯をつぎながら、

「極楽屋で、何かあったのか」

と、訊いた。

「甚六と峰次郎が襲われました」

右京が小声で言った。

「なに、襲われたと」

鉄瓶の湯をつぐ平兵衛の手がとまった。

「はい、一昨日、亀久橋の近くで」

「それで、ふたりは死んだのか」

平兵衛は鉄瓶を火鉢に置き、急須を手にした。

「いいえ、命に別条はないようです。ただ、甚六は深手のようで、しばらく動けないようですよ」

右京が島蔵から聞いた話によると、一昨日の夕方、甚六と峰次郎が極楽屋を出て亀久橋のたもとまで来たとき、岸際の樹陰に身をひそめていた三人の男が走り寄り、いきなりふたりに斬りつけたという。

「牢人がふたり、ひとりは遊び人ふうだったそうです。おそらく、牢人は渋谷と北沢でしょう。遊び人は匕首を巧みに遣ったそうなので、彦造と思われます」

右京は、茶の入った湯飲みを平兵衛から受け取りながら言った。すでに、北沢のことも平兵衛の耳に入っていたのだ。

「咄嗟のことだったので、甚六たちは逃げる間がなかったようです」

やむなく、甚六は長脇差を抜き合わせ、峰次郎は飛び退《の》いた。だが、敵の斬撃が迅《はや》く、甚六は肩から胸にかけて敵刃をあび、峰次郎は左の二の腕を斬られた。

ふたりは、逃げた。太刀打ちできないとみたのである。

ちょうどそこへ、極楽屋に出入りしている男たちが六人通りかかった。仕事を終えて、極楽屋へ帰るところだった。男たちは甚六たちが襲われているのを見ると、遠くから三人の男に石を投げ付けながら、大声で助けを呼んだ。その声を聞きつけ、近くを通りかかった船頭や川並などがひとりふたりとくわわり、大声で騒ぎたてるとともに石を投げて、極楽屋の者たちに加勢した。

「それで、甚六と峰次郎は命拾いしたようです」

そう言って、右京はゆっくりと湯飲みをかたむけた。

「稲左衛門たちは極楽屋を襲うのではなく、殺し人に目をつけたのか」

平兵衛が低い声で言った。

「そのようです。……向こうも、岸塚が殺られ、猪助と谷次郎が捕らえられてますからね。長次のこともあるし、殺し人を始末しないと、自分たちの身が危《あや》ういとみたのではないですか」

右京が、他人事のように言った。

「そうかもしれん」

「それで、今日は義父上を迎えに来たのです」

「どういうことだ」

「元締めからあらためて話があるようでしてね。義父上に、極楽屋に来てほしいそうです。……それで、わたしがここに立ち寄り、義父上といっしょに極楽屋に行くことにしたのです」

「ああ、そういうことか」

平兵衛は、右京の意図が読めた。平兵衛ひとりで極楽屋に向かうと、途中、渋谷たちに襲われる恐れがあったのだ。むろん、右京にも同じことが言える。そこで、右京が平兵衛の許に立ち寄り、ふたりで極楽屋に行くことにしたらしい。

「ところで、勇次はどうだ。まだ、剣術の稽古をしているのか」

平兵衛が訊いた。

「はい、父の敵を討ちたいと思い込んでいるようです」

「勇次の気持ちも分からんではない。親一人子一人だったらしいからな」

「ちかごろ、竹を斬るのも様になってきましたよ」

そう言って、右京が表情をやわらげた。

ふたりの会話がとぎれたところで、

「どうです、研ぎの仕事は？　極楽屋へ行けますか」

右京があらためて訊いた。

「ちょうど、研ぎ終えてな。極楽屋にでも顔を出してみようと思っていたところだ」

平兵衛は、しばらく研ぎの仕事はしてなかったが、そう言っておいた。

「それなら、これから出かけますか」

「そうだな」

平兵衛は腰を上げた。

右京につづいて戸口を出たところで、平兵衛が、

「どうだ、まゆみに変わりないか」

と、訊いた。やはり、娘のことが気になっていたようだ。

「はい、ちかいうちに、義父上といっしょに亀戸《かめいど》天神に藤でも観に行きたいと言ってましたよ」

右京が口元に笑みを浮かべて言った。

学問の神様として知られる亀戸天神は、藤の名所としても知られていた。まゆみにすれば、たまには平兵衛も連れて遊山に出かけたいのだろう。

「そろそろ藤の季節だな」

平兵衛は、その前に稲左衛門や渋谷たちを始末せねばならないと思った。


平兵衛と右京は何事もなく、極楽屋に着いた。店には朴念と嘉吉がいた。ふたりに、甚六と峰次郎のことを訊くと、甚六は奥の座敷で休んでいるという。峰次郎は、大した傷ではなかったので、孫八とふたりで深川の門前仲町へ出かけたそうだ。小鶴という小料理屋に彦造がいるかどうか探りにいったという。

平兵衛と右京は、甚六のいる奥の座敷に行ってみた。甚六は肩から腋《わき》にかけて晒を分厚く巻き、横になっていた。傷の手当ては、島蔵がしたらしい。島蔵は切り傷や打ち身など、なまじの町医者より処置がうまかった。これまで、極楽屋に出入りする男たちの怪我の手当てをしてきたからである。

甚六は命に別条はないようだったが、しばらく動けないようだ。

「まァ、ゆっくり養生《ようじよう》しろ。こういうとき、面倒をみてくれるのが、極楽屋のいいところだ」

そう言い置いて、平兵衛と右京は店にもどった。

平兵衛たちが店にもどったのを見て、島蔵が板場から顔を出した。

「旦那方、一杯やりやすかい」

島蔵が訊いた。

「いや、酒は話を聞いてからにしよう」

平兵衛は腰掛け代わりの空き樽に腰を下ろした。

飯台を前にして、平兵衛、右京、朴念、嘉吉、それに島蔵が顔を合わせた。いつもとちがって、島蔵の顔はけわしかった。甚六と峰次郎が、襲われたせいだけではないようだった。

「稲左衛門たちは、殺し人を狙っているようだ」

島蔵が低い声で言った。

「そのようだな」

朴念がうなずいた。

「うかうかしてると、甚六たちの二の舞いになると思ってな。……それに、他にも気になることがある」

島蔵が男たちに目をやって言った。

「他に気になるとは」

平兵衛が訊いた。

「実は、昨日、一吉の吉左衛門が顔を見せたんでさァ」

「肝煎屋か」

「吉左衛門の話だと、重野屋の久兵衛が心配になって吉左衛門のところに相談にいったらしいんで……。そろそろ、千両要求してきてから一月になるが、稲左衛門から何も言ってこないらしい。それで、かえって心配になったようでしてね」

「たしかに、何か言ってきてもいいころだな」

稲左衛門から重野屋に話があって、そろそろ一月経つ。今日、明日に千両用意しろといっても無理なことは稲左衛門にも分かるので、すくなくとも三、四日前には、金を渡す場所や方法を言ってくるはずだ。

「稲左衛門は、久兵衛が肝煎屋を通して殺し人に始末を頼んだことに気付いたのではないか。久兵衛はそう思って、心配になったらしい」

「それで、肝煎屋は何と言っているのだ」

平兵衛が訊いた。

「いまのところ、久兵衛のことは気付かれてないが、いずれ、稲左衛門は気付くとみているようで」

「うむ……」

「そうなる前に、何とか稲左衛門たちを始末してほしいというわけでさァ」

島蔵が男たちに目をやって言った。

「元締め、やつらの居所がつかめれば、すぐにも仕掛けられるぞ」

朴念が声を強くして言った。

「このままの状態がつづけば、わしらの命も危ういということだ。……居所が分かりしだい仕掛けた方がいいな」

つづいて、平兵衛が言うと、

「わたしも、かまいませんよ」

右京が静かな声で言い添えた。

# 第五章　首魁《しゅかい》

## 1

「峰次郎、あれが小鶴だぜ」

孫八が歩きながら峰次郎に小声で言った。

ふたりは、深川永代寺門前仲町の細い路地を歩いていた。そこは賑やかな表通りにつづく横丁である。路地沿いに、料理屋、飲み屋、小料理屋、そば屋などが軒を並べ、人通りが多かった。富ケ岡八幡宮の参詣客や岡場所目当ての遊客などにくわえ、土地の者もけっこういるようだった。

小鶴の店先に暖簾が出ていた。戸口の脇の柱に掛け行灯があり、小鶴と記してあった。

ふたりは、小鶴の店先に目をやっただけで、そのまま通り過ぎた。立ちどまって、店を眺めているわけにはいかなかったのである。

ふたりはそのまま一町ほど歩き、店仕舞いして表戸をしめた店の軒下で足をとめた。そこなら、通行人の邪魔にならなかったのだ。

「峰次郎、どうする」

孫八が訊いた。店に入って、彦造のことを訊くわけにはいかなかった。

「ともかく、近所で訊いてみやすか」

「そうだな。彦造の様子が知れるかもしれねえ」

ふたりは、暮れ六ツ（午後六時）の鐘が鳴ったら、またこの場に来ることを約して分かれた。ふたりでつるんで訊きまわるより別々の方が埒《らち》があくのである。

……さて、どこから訊くか。

ひとりになった孫八は、横丁に目をやった。

数軒先に、飲み屋があった。軒下に薄汚れた赤提灯がぶら下がっていた。「酒処まるや」と書いてある。

孫八は店に近付いた。飲み屋の親爺なら、小鶴のことも知ってるのではないかと思ったのだ。

店は、静かだった。まだ、客はいないのかもしれない。孫八は、引き戸をあけた。客はいなかった。薄暗い土間に飯台がふたつ置かれている。

「だれか、いねえかい」

孫八は、奥にむかって声をかけた。

すると、奥で下駄の音がし、土間の脇から男がひとり出てきた。五十がらみと思われる髭の濃い男だった。男は濡れた手を前だれで拭きながら近寄ってくると、

「いらっしゃい」

と、愛想笑いを浮かべて言った。孫八を客と思ったらしい。

「やってるのかい」

孫八は、飯台を前にして腰掛け代わりに置かれた空き樽に腰を下ろした。

「店をあけたばかりで」

男が首をすくめて言った。

「酒を頼まァ。それから肴だがな、あるものでいいぜ」

「漬物と冷奴なら、すぐ出せやすが」

「それでいい」

孫八は酒を飲むために立ち寄ったのではない。親爺に酒の相手をさせ、話を聞こうと思ったのだ。

孫八が空き樽に腰掛けて待つと、すぐに親爺が銚子と猪口を手にしてあらわれ、後

ろから、でっぷり太った女が盆に冷奴と漬物の入った小鉢を載せてきた。太った女は、親爺の女房かもしれない。

「親爺、ちょいと、訊きてえことがあるんだがな」

孫八は、まァ、そこに腰を下ろせ、と親爺に言って、近くの空き樽に腰を下ろさせた。女は肴を飯台に置くと、そそくさと奥へもどってしまった。

「おめえ、この先にある小鶴ってえ、小料理屋を知ってるな」

孫八が切り出した。

「へい」

親爺が不審そうな目を孫八にむけた。突然、小料理屋のことを口にしたからであろう。

「あの店には、おれんという女将がいるな」

孫八はおれんの名を出した。

「知ってやすよ」

「そのおれんにな、よせばいいのに、おれの弟分の男が、のぼせあがっちまったのよ」

「へえ……」

親爺が驚いたように目を剝《む》いた。

「それでな、女将のことをいろいろ訊いてくれ、とおれにせがむのよ。……おれも、相手にしなかったんだが、あんまりうるせえんで、様子を訊いてきてやると言って、こうして来たわけだ」

孫八は適当な作り話を口にした。

「おれんさんにね」

親爺は、むずかしそうな顔をした。

「それで、女将だが、旦那はいるのかい」

孫八が訊いた。

「決まった旦那はいねえが、おれんさんには、手を出さねえ方が……」

親爺が言い難《にく》そうに語尾を濁した。

「子持かい」

「子はいねえが、情夫《いろ》が……」

「その情夫だが、彦造ってえ名じゃァねえかい」

孫八は、彦造の名も出した。

「よく、ご存じで」

親爺が、また驚いたように目を剝いた。

「なに、小鶴の客に聞いたことがあるのよ。……親爺、情夫ったって、滅多に店に来ねえんだろう。なに、すぐに切れちまうよ」

孫八は、親爺に彦造のことをしゃべらせるようにうまく話を持っていった。

「それが、お客さん、彦造は三日に一度は小鶴に来てやしてね。……それに、彦造は怖《こえ》え男なんで」

親爺は首をすくめ、怖気《おぞけ》をふるうように身震いした。

「怖えって、喧嘩《けんか》早《ばや》いのかい」

「そんなんじゃァねえ。気に入らねえと、すぐに匕首で、ブスリでさァ。お客さん、悪いことは言わねえ、やめた方がいい。おれんさんには、近付かねえことだ」

そう言うと、親爺は腰を上げた。

それから、孫八は半刻（一時間）ほどねばり、親爺がそばに来たとき、さらに彦造のことを訊いたが、彦造は夕方になると小鶴にあらわれることが分かっただけだった。親爺も、それ以上知らないようだった。

まるやを出ると、辺りは淡い夕闇に染まっていた。横丁には、ぽつぽつと灯が落ちている。店のなかにいたので、鐘の音に気付かなかったが、すでに暮れ六ツは過ぎているらしい。孫八は、急いで峰次郎と約束した店屋の前にもどった。

2

峰次郎は、店屋の前で待っていた。

「すまねえ、待たせちまったようだ」

孫八は峰次郎に詫びた。

「あっしも、来たばかりで。……それより、何か知れやしたかい」

峰次郎が訊いた。

「歩きながら話すか」

孫八と峰次郎は、表通りにむかって歩きながら話した。

まず、孫八が飲み屋の親爺から聞き込んだことを一通り話し、

「彦造は、三日に一度ほど小鶴に姿を見せるそうだぜ」

と、言い添えた。

「あっしが話を聞いたのは瀬戸物屋の親爺でしてね、小鶴の常連だそうでさァ。その親爺によると、小鶴に来るのは、彦造だけじゃァねえようですぜ」

峰次郎が声をひそめて言った。

「だれが、来るんだ」

「瀬戸物屋の親爺によると、彦造が小鶴に連れてくるのは、牢人で頬のこけた目の細い男だそうでさァ。渋谷とみていいんじゃねえかな」

「渋谷も小鶴に来るのか」

「来るようですがね。彦造も渋谷も小鶴を塒にしてるわけじゃァねえらしい。彦造は泊まることもあるようだが、飲んで帰ることが多いようですぜ」

「うむ……」

彦造はおれんの情夫らしいが、小鶴に寝泊まりしているわけではないらしい。むろん、渋谷も小鶴に泊まるようなことはないのだろう。

「小鶴に来ることは分かっても、塒が分からねえと仕掛けられねえ」

峰次郎が言った。

「そうだな」

「小鶴を見張りやすか」

「それしかねえな」

彦造と渋谷があらわれたら跡を尾けて塒をつかむのである。

孫八と峰次郎は、すぐに小鶴に向かった。すでに、横丁は暮色に染まり、小鶴の戸口からも淡い灯が洩れていた。

今日、彦造と渋谷が小鶴に来ているかどうか分からなかった。まるやの親爺によると、彦造は夕方になると小鶴に来ることが多いらしいので、もう店に入ってしまったかもしれない。

「しばらく、店を見張ってみるか」

孫八は路地に目をやった。身を隠して、小鶴の店先を見張る場所はないか探したのである。

「あそこの店の脇は、どうだ」

孫八が、小鶴の斜向かいの店を指差した。下駄屋らしい。軒下に下駄の看板がぶら下がっていた。すでに店仕舞いし、表戸はしめられていた。その下駄屋の脇が狭い空き地になっていて、八手《やつで》が大きな葉を茂らせていた。その八手の陰へまわれば、身が隠せそうである。

孫八と峰次郎は八手の陰に身を隠した。それから、半刻（一時間）ほど過ぎた。彦造も渋谷も姿を見せなかった。路地に飲み屋や小料理屋などの灯が落ち、酔っ払いや首に白粉《おしろい》を塗りたくった女などが目立つようになり、あちこちから酔客の哄笑や嬌《きよう》声《せい》などが聞こえてきた。横丁は淫靡《いんび》な雰囲気につつまれている。

それから、小半刻（三十分）ほどしたとき、小鶴から小店の旦那ふうの男が出てきた。

「あっしが、あいつに訊いてきやす」

そう言い置いて、峰次郎が八手の陰から路地に出た。

峰次郎は小鶴の店先からすこし離れたところで、旦那ふうの男に声をかけ、何やら話していたが、すぐにもどってきた。

「彦造も渋谷も、店にいねえようですぜ」

峰次郎が言った。

「今夜は、来ねえのか」

「明日出直しやしょう」

孫八と峰次郎は、八手の陰から路地に出た。今夜の張り込みは、これまでである。

翌日、孫八と峰次郎は暮れ六ツちかくになってふたたび横丁にやってきた。そして、路地をのんびり歩きながら、下駄屋が店仕舞いするのを待ち、八手の陰に身を隠して小鶴の店先を見張った。ふたりは一刻（二時間）ちかくもねばったが、彦造も渋谷も姿を見せなかった。

三日目、孫八と峰次郎が八手の陰に姿を隠してすぐだった。

「やつだ！」

峰次郎が、声を殺して路地の先を指差した。

遊び人ふうの男が雪駄を鳴らしながら、小鶴の店先に近付いてくる。眉の濃い、剽悍そうな面構えに見覚えがあった。彦造である。

「おい、もうひとりくるぞ」

その彦造の後方から、牢人が歩いてきた。総髪だった。遠目にも、面長で頬がこけているのが見てとれた。

「やつは、渋谷だ！」

峰次郎が昂った声で言った。

「やっと、お出ましだぜ」

「しかも、二人いっしょですぜ」

孫八と峰次郎は顔を見合わせてうなずき合った。張り込んだ甲斐《かい》があったのである。

「峰次郎、先に腹ごしらえをしてきてくれ。今夜は、長丁場になるぜ」

孫八が言った。

彦造と渋谷が店から出てくるのを待って跡を尾けるのである。ふたりとも、すぐには店から出てこないだろう。

「近くで、そばでも食ってきやす」

そう言い残し、峰次郎が八手の陰から出た。

小半刻ほどして、峰次郎はもどってきた。今度は、孫八が路地に出て近所のそば屋で腹ごしらえをしてきた。

それから、さらに半刻ほど過ぎた。路地は夜陰につつまれていた。五ツ（午後八時）を過ぎているだろうか。

「出てこねえな。やつら、店に泊まるんじゃァねえだろうな」

峰次郎が、渋い顔をして言ったときだった。

小鶴の店の入口の格子戸があき、年増につづいて、男がふたり出てきた。彦造と渋谷である。

「ふたりいっしょですぜ」

峰次郎が声を殺して言った。

年増は、女将のおれんらしい。ふたりの男を見送りにきたのだろう。

彦造と渋谷はおれんになにやら声をかけ、店先から離れた。おれんは戸口に立って、ふたりの後ろ姿を見送っていたが、ふたりが路地を歩き出すと、きびすを返して店にもどった。

彦造と渋谷は、闇につつまれた横丁を表通りの方へむかって歩いていく。

3

「尾けるぜ」

孫八が小声で言って、八手の陰から路地に出た。すぐに、峰次郎がつづいた。

孫八たちは、店仕舞いした店屋の軒下や横丁を歩いている酔客などの陰に身を隠しながら、彦造たちの跡を尾けていく。

孫八と峰次郎は、黒の半纏に黒股引姿だった。さらに、茶の手ぬぐいで頬っかむりして顔を隠している。尾行のために、夜陰に溶ける格好で来ていたのだ。

前を行く彦造たちは富ケ岡八幡宮の門前通りへ出た。

まだ、門前通りは賑わっていた。酔客や遊客が行き交い、料理屋、料理茶屋、遊女屋などは明りにつつまれ、男の哄笑、嬌声、手拍子、三味線《しゃみせん》の音などがさんざめくように聞こえてきた。

彦造たちは、門前通りを西にむかって歩いた。前方に一ノ鳥居が見えている。尾行は楽だった。人通りが多かったので人影にまぎれ、前のふたりが振り返っても、気付かれる恐れはなかった。

「どこへ行く気ですかね」

峰次郎が、孫八に身を寄せて訊いた。

「分からねえな」

彦造たちは稲左衛門の隠れ家に行くのではないか、と孫八は思ったが、ちがうかもしれない。

彦造たちは、一ノ鳥居をくぐった。さらに西にむかって歩いていく。この辺りまで来ると、人影がすくなくなり夜陰が深まったように感じられた。

門前通りの左右には、黒江町の家並がつづいていた。前方に掘割にかかる八幡橋が見えてきたとき、彦造たちが右手に歩を寄せた。

「吉川ですぜ」

峰次郎が昂った声で言った。

右手に料理屋の吉川があった。孫八たちは、稲左衛門が馴染みにしている女将がいる店と聞いていた。まだ、吉川の二階の座敷は明りにつつまれ、客たちの声が聞こえていた。

……吉川が、稲左衛門の隠れ家か！

と、孫八は思った。

だが、彦造たちは吉川の店の前を通り過ぎた。そして、二軒先にあったそば屋の脇を右手におれた。そこに、路地があるらしい。

彦造と渋谷の姿が見えなくなった。路地に入ったのである。

孫八たちは走った。ここまで尾けてきて、ふたりの姿を見失いたくなかったのである。

そば屋の脇まで来て、路地の先に目をやると、前を行く彦造と渋谷の後ろ姿が闇のなかに浮き上がったように見えた。そこは暗い路地で、灯の洩れている家はなかったが、頭上の月がふたりの姿を照らし出してくれたのだ。

孫八たちは、足音を忍ばせて彦造たちの跡を尾けた。路地はすぐに堀沿いの道に突き当たった。

前を行く彦造たちは堀沿いの道に突き当たると、右手におれた。また、家の陰になり、ふたりの姿が見えなくなったので、孫八たちは走った。

堀沿いの通りへ出ると、彦造たちの姿が見えた。道に面した板塀の切り戸をくぐるところだった。板塀をめぐらせた仕舞屋である。

……ここが、やつらの隠れ家か！

孫八は胸のなかで声を上げた。

彦造たちが切り戸からなかに入り、その姿が消えてから、孫八と峰次郎は仕舞屋をかこった板塀のそばに近付いた。

思ったより、大きな家だった。台所の他に、五、六間はありそうだった。それに、狭いが松や槙《まき》などを配した庭もあった。借家や妾宅というより、富商の隠居所のような家である。

「これは、彦造や渋谷の隠れ家じゃァねえな」

峰次郎がつぶやいた。

「おい、見ろよ。ここは、吉川の裏手だぞ」

夜陰のためにはっきりしないが、一町ほど先だろうか。明らんでいる吉川の二階の座敷が、夜陰のなかに浮かび上がったように見えていた。彦造たちが路地をたどって来た家は、すこし距離があるが吉川の裏手にあたるのだ。

「ここが、稲左衛門の隠れ家かもしれねえ」

峰次郎が目をひからせて言った。

「そうだな」

孫八も、稲左衛門の隠れ家だと思った。おそらく、吉川の裏手からこの家まで、路地がつながっているのだろう。

「家には、ふたりの他にもいるようですぜ」

峰次郎が、板塀の隙間からなかを覗き込んで言った。

「………」

見ると、いくつかの座敷から灯が洩れていた。家のなかから、くぐもったような男の話し声が聞こえてきた。何人かいるようだ。

「どうしやす?」

峰次郎が訊いた。

「ともかく、明日だな」

孫八は近所で聞き込めば、家の住人の様子が知れるのではないかと思った。

翌日、孫八と峰次郎は彦造たちが入った家の近くで聞き込んだ。近くといっても、堀沿いの道は避けて別の路地をまわった。彦造たちに、探っていることを知られたくなかったのである。

ふたりで手分けして一日中聞き込むと、だいぶ様子が知れてきた。板塀をめぐらせた家には、日本橋の廻船問屋の隠居で、新兵衛《しんべえ》という男が住んでいるという。ただ、近所付き合いはまったくなく、ときおりうろんな牢人や遊び人ふうの男が出入りすることもあって、近所の住人は怖がって近付かないそうだ。それに、新兵衛は吉川を贔屓にしていて、ときおり出かけることもあるという。

新兵衛は稲左衛門の偽名であろう、と孫八たちはみた。

孫八と峰次郎から話を聞いた島蔵は、

「まちげえねえ、そこが稲左衛門の隠れ家だ」

と言って、大きな目をひからせた。

4

平兵衛はひとり朽《く》ちかけた本堂の前に立っていた。そこは、本所番場《ばんば》町にある妙《みよう》光寺《こうじ》という無住の小寺である。

平兵衛は、愛刀の来国光を手にしてゆっくりと振っていた。妙光寺の境内はせまかったが、鬱蒼《うっそう》と枝葉を茂らせた杉や樫などの杜《もり》があって、人目を避けて真剣を振ったり、剣の工夫をするにはいい場所だった。

平兵衛は、島蔵から稲左衛門の隠れ家が知れたことを聞いた。その隠れ家には、彦造と渋谷もいるらしいという。

……いよいよ、渋谷を斬るときが来たようだ。

と、平兵衛は思った。

ただ、平兵衛には、渋谷の遣う死突きと称する突き技を破る自信がなかった。右京から聞いた話によると、死突きは己の身を捨てて死を賭して踏み込むことから、死突きと称されるようになったとか。まさに、捨て身の必殺技と言えた。

平兵衛は一度渋谷の遣う死突きと立ち合っていた。そのときは、間一髪、渋谷の切っ先を逃れたが、

……次は、よくて虎の爪と相撃ち。

と、みていた。

平兵衛は、何とか死突きを破りたいと思った。よくて相撃ちのまま、渋谷と切っ先を合わせたくなかったのである。

平兵衛は殺しにかかるとき、ことのほか慎重だった。斬れる、という自信が持てるまで、なかなか仕掛けなかった。臆病《おくびょう》ともみえるその慎重さがあったからこそ、長

年殺し人として生きてこられたのである。

……ともかく、虎の爪でやるしかない。

と、平兵衛は思った。

平兵衛は脳裏に渋谷を描き、来国光の刀身を左肩に担ぐように逆八相に構えた。渋谷との間合は、およそ四間。渋谷の構えは、右の拳を額につけ、刀身を寝かせる低い上段である。

脳裏に描いた渋谷が、先に仕掛けてきた。極楽屋で立ち合ったときと同じ動きである。渋谷は足裏を摺るようにして、ジリジリと間合を狭めてくる。その構えには、下から突き上げてくるような威圧があった。

……待っていては、死突きはかわせぬ！

と察知した平兵衛は、先に仕掛けた。

イヤアッ！

裂帛の気合を発し、脳裏に描いた渋谷に迫った。虎の爪の鋭い寄り身である。

平兵衛が一足一刀の間境の一歩手前まで踏み込んだとき、渋谷が反応した。

ヤアッ！

と鋭い気合を発し、踏み込みざま上段から真っ向へ斬り込んできた。

一瞬、その斬撃がとまり、切っ先が平兵衛の喉元にむけられた。次の瞬間、渋谷は短い気合を発し、突きをみまった。

上段から真っ向へ斬り込み、さらに間髪をいれず、突きをはなつ。一拍子のような連続技だった。これが、死突きである。

同時に、平兵衛も反応した。逆八相から袈裟へ。虎の爪の斬撃である。

次の瞬間、平兵衛は、

……喉を突かれた！

と、察知した。平兵衛の斬撃は、空を切っている。一瞬、渋谷の突きの方が早かったのだ。

……駄目だ！渋谷の死突きはかわせぬ。

と、平兵衛は察知し、来国光を下ろした。

渋谷の構えも太刀筋も分かっていたが、真っ向から突きへの連続技が迅く、分かっていてもかわせないのだ。

……先《せん》をとるしかない。

と平兵衛は思い、ふたたび虎の爪の逆八相に構えた。

脳裏に描いた渋谷の構えは、低い上段である。

ふたりの間合はおよそ四間。すぐに、渋谷が足裏を摺るようにして間合をせばめてきた。

今度は、平兵衛も動いた。渋谷と同じように足裏を摺るようにして間合をつめ始めたのだ。ふたりの間合が一気にせばまった。

イヤアッ!

突如、平兵衛が裂帛の気合を発して疾走した。虎の爪の、果敢《かかん》で迅速な寄り身である。

一足一刀の間境の一歩手前に踏み込むや否や、渋谷が反応した。

ヤアッ!

鋭い気合を発し、斬り込んできた。

上段から真っ向へ。

……いまだ!

と、平兵衛は頭のどこかで思い、斬り込んだ。

逆袈裟から袈裟へ。虎の爪の斬撃である。

すかさず、渋谷が真っ向へ斬りおろした刀身をとめ、突きをみまってきた。神速の死突きである。

虎の爪の剛剣と死突きの稲妻のような刺撃。

ふたりの刀身が眼前で合致し、刀身がはじき合った。ふたりは、ほぼ同時に二の太刀をふるった。

渋谷はさらに突きをはなち、平兵衛は袈裟に斬り込んだ。

……相撃ちだ！

平兵衛の袈裟斬りは、渋谷の肩を深く斬り下げ、渋谷の突きは平兵衛の喉をとらえていた。

……さらに、迅《はや》くせねば、渋谷は斬れぬ。

と、平兵衛は思った。

ふたたび、平兵衛は脳裏に渋谷を描いて対峙した。

平兵衛は、渋谷の死突きの太刀筋を脳裏に描き、くりかえしくりかえし虎の爪の斬撃をふるった。渋谷の突きより、一瞬迅く袈裟に斬り下ろせるかどうかが、勝負の分かれ目である。

半刻（一時間）ほど、迅速な寄り身からの斬り込みをつづけると、平兵衛の全身に汗が浮き、息が上がってきた。若いときは、半刻ほどの稽古で息が上がるようなことはなかったが、歳をとると、稽古もままならなくなる。

平兵衛が荒い息を吐きながら刀を下ろしたとき、山門の方で足音が聞こえた。見ると、右京が山門をくぐって近付いてくる。

平兵衛は来国光を鞘に納め、右京が近付くのを待った。

「やはり、ここでしたか」

右京が笑みを浮かべて言った。

右京は、平兵衛が殺しにとりかかる前、妙光寺に籠って剣の工夫をすることを知っていたのである。

「ああ、何とか、死突きを破らねばと思ってな」

平兵衛が苦笑いを浮かべて言った。

「義父上《ちちうえ》、渋谷はわたしが斬りましょうか」

右京がいつになくけわしい顔で訊いた。

「いや、わしが斬る。死突きと、立ち合っているのはわしだからな。わしが決着をつけねばなるまい」

平兵衛は、右京に渋谷と闘わせたくなかったのだ。平兵衛ほどの歳になれば、それほど惜《お》しい命ではないが、右京にはまゆみがいる。まゆみのためにも、右京の身を守らねばならない。それに、平兵衛の胸の内には、ひとりの剣客として渋谷の遣う死突きと勝負してみたい気もあったのだ。

「それに、右京は勇次に敵を討たせたいのではないか」

平兵衛は、いまでも右京が極楽屋の裏で勇次が真剣を振るのをみてやっていることを知っていた。

勇次の父親を匕首で殺したのは、彦造と分かっていた。渋谷が彦造といっしょにいれば、右京は勇次に助太刀して彦造を斬りたいのではあるまいか——。助太刀といっても、右京が彦造を仕留めることになるだろう。

「わたしに、彦造を斬らせてもらえますか」

右京が言った。

「そうしてくれ」

「いずれにしろ、そろそろ仕掛けることになると思いますが」

右京が低い声で言った。

「承知している」

平兵衛は、孫八たち手引き人が渋谷たちの跡を尾け、仕掛ける好機を狙っていることを知っていた。

5

その日、極楽屋に殺し人たちが集まっていた。平兵衛、右京、朴念、甚六である。ただ、甚六はまだ傷が癒《い》えてないので、渋谷たちとの闘いのおりは極楽屋に残ることになるだろう。

この日の昼頃、嘉吉が庄助店に来て、今夜あたり仕掛けることになりそうなので、極楽屋で待っていてくだせえ、と知らせたのだ。

当初、島蔵は稲左衛門の隠れ家に彦造や渋谷が顔をそろえたとき、殺し人総出で隠れ家を襲う策をたてたが、思いとどまった。下手をすると、肝心の稲左衛門を逃がし、殺し人や手引き人が何人も返り討ちに遭うとみたからである。

それというのも、稲左衛門の隠れ家には腕のたつ男たちがいて、極楽屋の殺し人たちに匹敵する戦力があった。しかも、地の利は家のなかの様子をよく知っている稲左衛門側にあるのだ。

稲左衛門の隠れ家には、腕のたつ渋谷と北沢、それに彦造がいる。さらに、稲左衛門の手下が常に三、四人はいるらしいのだ。

地獄屋の者たちは、平兵衛、右京、朴念、それに、手引き人の孫八、峰次郎、嘉吉、それに島蔵がくわわっても、七人である。人数の上だけみても、ほぼ互角だった。

それに、島蔵にも、勇次に父親の敵を討たせてやりたい気持ちがあった。勇次に敵を討たせるには、稲左衛門の隠れ家に踏み込んで大勢でやり合うわけにはいかなかった。

そこで、島蔵は、渋谷と彦造を先に始末する策をたてたのだ。そのとき、勇次を同行すれば、何とか敵討ちもできるだろう。

渋谷と彦造は、ときおり門前仲町にある小鶴に飲みに出かけていた。平兵衛や右京たちが渋谷と彦造の帰りを狙い、途中待ち伏せして、まずふたりを討ちとり、日を置かずに稲左衛門の隠れ家を襲うことにしたのだ。

そろそろ、渋谷と彦造が小鶴に出かけるころとみて、この日の午後から孫八と峰次郎が、門前仲町に出かけていた。渋谷たちが小鶴に姿を見せたら極楽屋へ知らせにもどり、平兵衛たちが出向いて、待ち伏せする手筈《てはず》になっていた。

「今日、渋谷たちは小鶴に姿をみせるかな」

右京が湯飲みを手にしたまま言った。酒ではなく、島蔵が淹れてくれた茶を飲んでいたのである。

「今日がだめなら、また明日でさァ。……まァ、気長に構えていやしょう」

島蔵がもっともらしい顔をして言った。

平兵衛は黙っていたが、こうして待つのも、殺し人の仕事だと思っていた。好機が来るまで焦らずに待つことが、相手を仕留めるためには大事である。

「安田の旦那、一杯やりやすか」

島蔵が平兵衛に顔をむけて訊いた。

「いや、まだ、早い。……ただ、酒の用意はしておいてくれ。今夜あたり、酒を飲むことになりそうだ」

そう言って、平兵衛は掌《て》をひらいて目をむけた。

かすかに震えている。平兵衛の手が、渋谷との闘いを意識しているのだ。

「旦那、たっぷり用意しときやすぜ」

そう言って、島蔵が空き樽から立ち上がった。

島蔵は板場にもどって貧乏徳利に酒を入れてくると、平兵衛に手渡した。

それから、一刻（二時間）ほど過ぎ、極楽屋は濃い闇につつまれた。店の隅に置かれた燭台の火が、平兵衛や右京たちの顔をぼんやりと照らし出している。

「だれか、来やすぜ」

甚六が言った。

戸口へ走り寄る足音が聞こえた。孫八か峰次郎が、知らせにもどったのかもしれない。

店に飛び込んできたのは、峰次郎だった。

「彦造と渋谷が、姿を見せやしたぜ！」

峰次郎が、声高に言った。

「それで、稲左衛門は隠れ家にいるのか」

平兵衛が念を押すように訊いた。

「おりやす。あっしと孫八さんとで、小鶴に行く前に隠れ家を見張り、稲左衛門らしい男が、縁先で子分になにやら話しているのを見かけやしたから」

峰次郎によると、まだ明るい内に黒江町に出かけ隠れ家の近くの笹藪の陰から様子を見ていたという。

「おれが、勇次を呼んでくる」

島蔵が立ち上がった。勇次は、奥の部屋で待っていたのである。

待つまでもなく、島蔵が勇次を連れてきた。勇次は島蔵から渡された刀を握りしめていた。

勇次は蒼ざめた顔をしていたが、

「おとっつァんの敵を討つんだ！」

と、眦《まなじり》を決して言った。

右京は勇次に顔をむけて、ちいさくうなずいただけである。

「そろそろ、出かけるか」

平兵衛が貧乏徳利を手にして立ち上がった。

つづいて、右京と朴念が腰を上げた。彦造と渋谷を待ち伏せるのは、平兵衛、右京、朴念の三人である。それに、峰次郎と孫八も助太刀にくわわることになっていた。

相手は彦造と渋谷のふたりだけなので、平兵衛たちの戦力は十分である。右京は勇次に助太刀して、彦造を討つことになるだろう。

「始末がついたら、また迎えにきやす」

峰次郎が島蔵に伝えて、平兵衛たちにつづいて戸口から出た。

平兵衛たちは、極楽屋の前の掘割にとめられた猪牙舟に乗った。峰次郎が極楽屋に知らせにくるのに使った舟である。同じ舟に平兵衛たちを乗せて、黒江町にある稲左衛門の隠れ家の近くまで行くことになっていたのだ。

「乗ってくだせえ」

峰次郎が艫に立って声を上げた。

平兵衛たち四人が乗り込むと、峰次郎は棹《さお》を使って船寄から舟を離した。

峰次郎は舟が仙台堀に入ると、棹から艪に持ち替えて水押しを西にむけた。六ツ半（午後七時）を過ぎているだろうか。仙台堀は夜陰につつまれていたが、頭上に弦月がかがやいていて、水面を淡い青磁色のひかりでつつんでいた。水押しが水面を分け、波が青白いひかりの襞《ひだ》のようになって汀へ寄せていく。

平兵衛は掌をひらいて見た。

震えている。渋谷との闘いを前にし、真剣勝負の恐怖と気の昂りで体が顫えているのだ。

平兵衛は貧乏徳利の栓を抜くと、ゴクゴクと喉を鳴らし、酒を飲んだ。途中、何度か息をついだが、五合ほど一気に飲んだ。

いっときすると、酒気が全身にまわり、こわばっていた顔に赤みが差し、双眸が炯々とひかりだした。萎れていた草木が水を吸って蘇ってくるように、平兵衛の全身に気勢が満ち、丸まっていた背が伸び、剣の遣い手らしい覇気がみなぎってきた。

掌の震えはとまっていた。真剣勝負の恐怖と不安が霧散し、虎の爪の命である何者をも恐れぬ豪胆さが蘇ってきた。

平兵衛は震えのとまった掌に目をやりながら、

……斬れる！

と、胸の内でつぶやいた。

このとき、平兵衛の様子を見ていた勇次が、驚いたような顔をして、

「こ、怖《こえ》えようだ」

と、つぶやいた。

勇次は極楽屋の男たちの話から平兵衛が殺し人であることを知っていたが、好々爺《こうこうや》のような平兵衛しか見ていなかったので、その豹変《ひょうへん》した姿を見て圧倒されたのである。

峰次郎の漕ぐ舟は海辺橋を過ぎてしばらく進み、左手の掘割に入った。掘割を南に向かい、伊沢町《いさわ》を過ぎたところで左手の掘割に水押しをむけた。

「そろそろ着きやすぜ」

峰次郎が声を上げた。

掘割の左手につづく家並が、黒江町である。

峰次郎は掘割にあったちいさな船寄に船縁を付け、下りてくだせえ、と声をかけ

た。

平兵衛たち四人は、すぐに船寄に飛び下りた。

峰次郎は舫い杭に舟をつないでから船寄に下り、先にたって堀沿いの道に出た。峰次郎はいっとき堀沿いの道を歩いてから路傍に足をとめ、

「あそこにある板塀をめぐらせた家が、稲左衛門の隠れ家でさァ」

と言って、前方を指差した。

半町ほど先に、道沿いに板塀をめぐらせた仕舞屋があった。大きな家で、庭木も見えた。富商の隠居所のようである。

「家のずっと先に、明りが見えやすね。あれが、吉川でさァ」

「うむ……」

遠方の夜陰のなかに、明らんだ家がぼんやりと見えた。二階の座敷の灯が、浮かび上がったように見えている。

「渋谷たちは、この道を通るのか」

右京があらためて訊いた。

「へい、この道を通って隠れ家へ帰るはずなんで」

「どこかに、身を隠して待つか」

平兵衛は堀沿いの道に目をやった。

「あそこの草藪の陰がいいな」

堀際に、葦《あし》や芒などの丈の高い雑草が群生した空き地があった。その草藪の陰にまわれば、身を隠せそうである。

草藪の陰にまわると、右京が脇にいる勇次に目をやり、

「勇次、彦造の前に立つな。左手にまわり込むのだ」

と、低い声で言った。

「へ、へい……」

勇次は何かに憑かれでもしたかのように目をつり上げ、身を顫わせていた。

「いいか、彦造を立っていると竹と思うのだ。おれが斬れ、と声をかけたら、竹を斬るつもりで、斬りこめ」

「へい、竹のつもりで斬りやす！」

勇次がひき攣《つ》ったような声を上げた。

6

「来やした！」

峰次郎が言った。

堀沿いの道の先に黒い人影が見えた。こちらに走ってくる。孫八のようだ。

朴念が草藪の陰から、孫八、ここだ、と声をかけた。

すぐに、孫八は平兵衛たちが身を隠している草藪の陰に走り寄り、

「し、渋谷と彦造が、こっちに来やすぜ」

と、声をつまらせながら言った。走ってきたせいで、息が乱れている。

「ふたりだけか」

平兵衛が訊いた。

「へい、ふたりは小鶴を出て、こちらに向かっていやす」

孫八は、ふたりの跡を途中まで尾け、先回りしてきたことを話した。

「よし、手筈どおりだ」

そう言って、朴念が草藪の陰を右手に移動した。朴念につづいて、峰次郎と孫八も

動いた。朴念たちは、渋谷と彦造の背後にまわることになっていた。ふたりの逃げ道をふさぐとともに、いざとなったら平兵衛と右京に加勢するのである。

朴念たちが離れて間もなく、堀沿いの道の先に黒い人影が見えた。ふたつ。ひとりは牢人体で、もうひとりは遊び人ふうだった。渋谷と彦造である。

ふたりは、足音をひびかせながら、平兵衛たちが身をひそめている草藪に近付いてきた。

ふたりが十間ほどに近付いたとき、まず、平兵衛が草藪の陰から道のなかほどに出て、渋谷たちの行く手を遮《さえぎ》るように立った。

「勇次、いくぞ」

右京が勇次に声をかけ、彦造の前に出た。勇次は、右京に言われたとおり、彦造の左手にまわり込んだ。

渋谷と彦造が驚いたような顔をして、平兵衛たち三人に目をむけた。ふたりの顔が月光を映じて青白く浮き上がったように見えた。

「殺し人か」

渋谷がくぐもった声で訊いた。

「いかにも。……地獄からおぬしらを迎えにきたのだ」

平兵衛が低い声で言った。平兵衛の顔は豹変していた。頼りなげな老爺の顔ではない。顔がひきしまり、双眸が射《い》るようなひかりを宿している。

「三人か」

渋谷がそう言ったとき、渋谷たちの後方の草藪が揺れ、人影が背後に走り出た。朴念、孫八、峰次郎の三人である。

「大勢で、待ち伏せか！」

彦造がひき攣ったような声を上げた。

「いや、後ろの者は、逃げ道をふさいだだけだ。……渋谷、うぬを斬るのは、わしだ」

そう言って、平兵衛が渋谷に歩を寄せた。

すると、彦造の左手に立った勇次が、

「おとっつァんの敵！」

と叫び、腰に差した刀を抜いて、切っ先を彦造にむけた。眦《まなじり》を決し、口をひき結んでいる。

「敵だと」

彦造が、勇次に目をやった。

「そうだ！　おめえが海辺橋の近くで殺した大工は、おれのおとっつァんだ」

勇次はそう叫ぶと、手にした刀を八相に構えた。へっぴり腰だが、右京に指南されたとおりに構えたのである。

「それなら、おめえもあの世に送ってやらァ」

言いざま彦造が、懐から匕首を抜いた。

彦造は腰を低くし、匕首を胸の前に構えた。目がつり上がり、歯をむき出している。獲物に飛びかかろうとしている野犬のようだった。匕首が月光を反射《はね》て、青白くひかっている。

右京は抜刀し、青眼に構えて切っ先を彦造の喉元にむけた。彦造を見すえた双眸に、切っ先のような鋭いひかりが宿っている。

このとき、渋谷と相対していた平兵衛は、

「渋谷、いくぞ」

と声を上げ、来国光一尺九寸を抜きはなった。

「返り討ちにしてくれるわ」

渋谷も抜いた。

平兵衛と渋谷の間合はおよそ四間。平兵衛は虎の爪の逆八相に構え、渋谷は死突きの低い上段に構えた。

ふたりは、すぐに動かなかった。逆八相と低い上段に構えたふたりの刀身が、夜陰のなかで銀蛇《ぎんだ》のようにひかっている。

数瞬が過ぎた。

ふいに、渋谷が動いた。足裏を摺るようにして間合を狭め始めたのだ。平兵衛は動かなかった。渋谷の動きを見すえている。

平兵衛は、渋谷との間合が三間半ほどにつまったとき、

……先《せん》をとる！

と、胸の内で声を上げ、すぐに仕掛けた。

イヤアッ！

裂帛の気合を発し、疾走した。虎の爪の迅速な寄り身である。

平兵衛が一足一刀の間境の一歩手前に迫るや否や、渋谷が先に仕掛けた。

ヤアッ！

鋭い気合とともに、上段から真っ向へ。

……いまだ！

と、頭のどこかで感知した瞬間、平兵衛はすばやく斬り込んだ。逆八相の構えから袈裟へ。虎の爪の剛剣である。間髪をいれず、渋谷は真っ向へ斬り込んだ刀身をとめ、突きをはなった。稲妻のような死突きである。

虎の爪の剛剣と死突きの稲妻のような突き。

ふたりの刀身がにぶい音を発して、はじき合った。次の瞬間、さらにふたりの体が躍動し、鋭い気合とともに二の太刀をふるった。

平兵衛は袈裟に、渋谷はさらに突きをはなった。

ザクリ、と渋谷の肩が裂けた。

平兵衛の左の二の腕に、焼き鏝《ごて》を当てられたような衝撃がはしった。渋谷の喉を狙った突きがそれ、切っ先が平兵衛の左の二の腕の皮肉を抉ったのだ。

一方、渋谷は苦痛に顔をゆがめていた。肩から血が噴いている。渋谷は腰から引くように後じさった。平兵衛の袈裟斬りが、渋谷の肩をとらえたのである。

平兵衛の着物の左の袖が裂け、二の腕から血が流れ出ていた。だが、深手ではない。腕は自在に動く。

「逃さぬ！」

叫びざま、平兵衛は踏み込んだ。目がつり上がり、歯をむき出している。ふだんの平兵衛とはちがう悪鬼のような形相《ぎょうそう》である。

渋谷は後じさった。切っ先を平兵衛の喉元にむけていたが、刀身がワナワナと震えている。肩を深く斬られ、構えることができないのだ。渋谷の顔に恐怖の色が浮いた。平兵衛の形相と迫力に、恐怖を覚えたのであろう。

平兵衛は虎の爪の寄り身で一気に間合をつめると、

イヤアッ！

裂帛の気合を発して斬り込んだ。

逆八相の構えから袈裟へ。虎の爪の剛剣である。

咄嗟に、渋谷が刀身を振り上げて、平兵衛の斬撃を受けようとした。

が、平兵衛の渾身の一刀は渋谷の刀を押し下げ、そのまま肩へ食い込んだ。

ギャッ！　と絶叫を上げ、渋谷がのけ反った。ザックリと肩が裂け、一瞬、ひらいた傷口から截断された鎖骨が覗いた。迸《ほとばし》り出た血が、見る間に肩と胸を染めていく。

渋谷は苦しげな呻き声を上げてよろめいたが、足がとまると腰からくずれるように転倒した。

地面に伏臥《ふくが》した渋谷は、なお身をおこそうとして顎を突き出すようにし首をもたげたが、すぐに首が落ちた。

四肢がモソモソと動いていたが、すでに意識はないようだった。肩から噴出した血が、赤い布をひろげるように地面を染めていく。

……紙一重だったな。

平兵衛は血刀をひっ提げたままつぶやいた。悪鬼のような形相がしだいにやわらぎ、いつもの穏やかな表情がもどってきた。

平兵衛は右京に目を転じた。

ちょうど、彦造と相対していた右京が斬撃の間合に踏み込んだところだった。

「死ね!」

と一声叫び、彦造が匕首を胸の前に構えて飛び込んできた。彦造は体当たりするような踏み込みから、右京の胸のあたりを狙って匕首を突き出した。

刹那《せつな》、右京は右手に飛びながら、刀を袈裟に斬り下ろした。一瞬の俊敏な体捌きである。

ダラリ、と彦造の右腕が垂れた。右京の一撃が、彦造の二の腕の皮肉を残し、骨ごと截断したのである。

ギャッ！　と絶叫を上げ、彦造がよろめいた。截断された腕から筧《かけい》の水のように血が流れ出た。右腕は匕首をつかんだままぶら下がっている。

「勇次、斬り込め！」

右京が叫んだ。

その声に、勇次がはじかれたように、甲走った気合を発して斬り込んだ。

袈裟へ。まさに、立っている竹を斬るような膂力のこもった一撃だった。

その切っ先が、彦造の首根をとらえた。

瞬間、彦造の首が折れたようにかしぎ、首根から血飛沫が驟雨のように飛び散った。勇次の一撃が、彦造の首の血管《ちくだ》を斬ったのである。

彦造は血を撒きながらたたらを踏むように泳ぎ、何かに爪先をひっかけて前に転倒した。俯せになった彦造は這って逃れでもするかのように手足を動かしたが、首は垂れたままである。首から流れ出た血が、地面を赤く染めていく。

いっときすると、彦造は動かなくなった。首がねじったように横を向き、両眼を瞠いたまま死んでいた。地面に血溜まりができている。

勇次は血刀をひっ提げ、その場につっ立ったまま荒い息を吐いていた。返り血を浴びた顔が赭黒く染まり、瞠いた両眼が白く浮き上がったように見えていた。体が激しく顫えている。ひとを斬った興奮で、勇次は我を失っているのだ。

右京は勇次に近付くと、

「敵が討てたな」

と、静かな声で言った。

「へ、へい……」

一瞬、勇次の顔が押し潰されたようにゆがんだが、瞠いた目に喜色が浮き、

「か、片桐さまのお蔭です」

と声をつまらせて言い、口をひき結んで、体を顫わせた。胸に衝《つ》き上げてきた嗚咽に耐えているようだ。


平兵衛が右京と勇次の方に歩み寄ると、そこへ朴念、孫八、峰次郎の三人が駆け寄ってきた。そして、口々に、「勇次、よくやった」、「おとっつァんの敵を討ったな」などと声をかけた。

すると、勇次は堪えられなくなったのか、両手で顔をおおって嗚咽を洩らした。それでも、クックッと喉を鳴らし、肩を上下させて泣き声が出るのを抑えている。

右京は振り返って平兵衛を見ると、

「義父上、腕に怪我を……」

と、小声で訊いた。血まみれになっている平兵衛の左腕を見たのである。

「深手ではない。腕も思いのままに動くからな」

平兵衛が苦笑いを浮かべて言った。

「ですが、出血が激しいようです。傷口を縛っておきましょう」

そう言うと、右京は懐から手ぬぐいを取り出した。

「頼むか」

平兵衛も、出血をとめておいた方がいいと思った。

右京は平兵衛の左袖を切り取り、袖口の布を切り裂いて折り畳み、その布を平兵衛の傷口にあてがってから、手ぬぐいで強く縛った。

「右京、島蔵なみの手当てではないか。これなら、町医者になれるぞ」

平兵衛が冗談交じりに言った。

平兵衛の傷の手当てが済むと、右京や朴念たちが渋谷と彦造の死体を草藪のなかに引き摺り込んだ。通りかかった者が騒ぎ出さないように死体を隠したのである。

「これで、渋谷を仕留め、勇次の敵討ちも終わった。次は、稲左衛門だな」

平兵衛が声をあらためて言った。

「あっしが、極楽屋まで行って元締めたちを呼んできやす」

そう言い残し、峰次郎が舟をとめてある船寄にむかった。

これから、島蔵、嘉吉、それに甚六をここに連れてくるのだ。払暁《ふつぎょう》を待って、稲左衛門の隠れ家を襲うのである。甚六は、まだ稲左衛門たちと闘うのは無理だが、見張りぐらいはできる。それに、甚六は、おれも行くと言ってきかないだろう。

「あの家にいるのか」

平兵衛が、夜陰のなかに黒く沈んだように見える稲左衛門の隠れ家に目をやってつぶやいた。

# 第六章　闇の中

## 1

「さァ、食え」

島蔵が、風呂敷包みをふたつ、船底に敷いた茣蓙の上に置いた。

すぐに朴念が手を伸ばし、風呂敷包みを解いた。竹皮につつんだ握りめしが入っていた。薄く切ったたくあんまで添えられている。

深川黒江町の稲左衛門の隠れ家に近い掘割だった。舫い杭につないである猪牙舟のなかに峰次郎、島蔵、平兵衛、右京、朴念がいた。舟の脇の船寄には、甚六、嘉吉、孫八、勇次の姿もあった。舟のなかは狭いので、甚六たち四人は、船寄に上がっていたのだ。

子《ね》ノ刻（午前零時）を過ぎていた。辺りは夜の帳《とばり》につつまれ、掘割沿いの家々から洩れる灯《ひ》もなく、夜陰のなかに黒く沈んでいる。掘割の汀に寄せる水音だけが、絶え間なく聞こえていた。

平兵衛たちが渋谷を斬り、彦造を討った後、峰次郎が舟で極楽屋まで行き、島蔵、甚六、嘉吉の三人を連れてきたのだ。そのさい、島蔵が集まった九人の男たちの分の握りめしを用意したのだ。

勇次は戦力にならなかったが、ひとりだけ帰せなかったし、勇次がどうしても右京たちといっしょにいると言い張ったので、見張り役としてくわえたのである。

「腹がへっては、闘いどころではないからな。さァ、酒も水もあるぞ」

島蔵が声をかけると、峰次郎と嘉吉が艫に置いてあった貧乏徳利を取り出した。二本の貧乏徳利に酒と水が入れてあった。

「ありがてえ」

さっそく、朴念が握りめしをつかんで頬張り始めた。

平兵衛や右京たちも握りめしに手を伸ばし、貧乏徳利を手にして酒や水を飲んだ。

用意された握りめしを平らげ、一休みしたところで、

「ちょいと、あっしと峰次郎とで、様子を見てきやす」

そう言い残し、孫八と峰次郎がその場を離れた。

平兵衛たちが舟や船寄で待つと、小半刻（三十分）ほどして、峰次郎だけがもどっ

てきた。

「どうだ、様子は」

島蔵が訊いた。

「変わりありやせん。稲左衛門たちは、眠りこけているようでさァ」

「孫八はどうした」

「隠れ家の近くで見張っておりやす」

「うむ……」

島蔵は、東の空に目をやった。まだ、東の空も夜の色にとざされていた。星がまたたいている。夜明けまでには、まだ間がありそうだ。

それから、さらに一刻（二時間）ほど過ぎた。東の空が、かすかに明らんでいる。上空の星はまだ強い輝きを放っていたが、東の空の星はひかりを失いつつあった。

「あっしが、見張りを交替《こうたい》してきやすよ」

そう言い残し、嘉吉がその場を離れた。

孫八と峰次郎がもどると、島蔵はあらためて隠れ家の様子を訊いた。孫八たちによると、変わりはないという。

「表戸はしまっていたな」

島蔵が訊いた。

「へい、板戸がしまっていやした」

孫八が答えると、

「あっしが、これで、ぶち割りまさァ」

と言って、朴念が懐を手でたたいた。手甲鈎が入っているのだ。朴念は手甲鈎で戸をぶち割るつもりらしい。

「朴念に頼むことになるな。それで、裏手も見てきたか」

「へい、くぐり戸がありやすが、あいたままになっていやした」

「裏戸は」

「しまってやした」

「心張り棒でもかってあるかもしれねえな」

「何とか、こじあけまさァ」

孫八が言った。孫八たちは裏手から踏み込むことになっていたのだ。

「そろそろ支度しやすか」

島蔵が平兵衛に声をかけた。

「そうだな」

そう答えたが、平兵衛はあらためて支度する必要はなかった。すでに、渋谷と立ち合う前から、筒袖に軽衫という闘いやすい装束で来ていたのだ。

右京も袴の股だちを取っただけである。島蔵は小袖の裾を尻っ端折りし、細紐で両袖を絞った。

「行きやすか」

島蔵が舟から船寄へ下りた。

「こっちで」

先に立ったのは孫八だった。島蔵が後につき、さらに平兵衛たちがつづいた。

掘割沿いの道や付近の家並はまだ夜陰につつまれ、洩れてくる灯もなく、ひっそりと寝静まっていた。ただ、東の空はだいぶ明るくなり、かすかに曙《あけぼの》色に染まっていた。払暁は遠くないだろう。

稲左衛門の隠れ家に近付くと、孫八をはじめ男たちは足音を忍ばせて歩いた。隠れ家は夜陰と静寂につつまれている。

板塀の近くの笹藪の陰にいた嘉吉が、平兵衛たちに近付いてきた。島蔵が隠れ家の様子を訊くと、稲左衛門たちに動きはないという。

島蔵や平兵衛たちは、家の脇に集まった。そして、家の周囲にあらためて目をやっ

た後、

「手筈どおり、おれたちは裏手からだ」

島蔵が孫八に目をむけて言った。

裏手には島蔵、孫八、嘉吉の三人がまわることになっていた。もっとも、稲左衛門たちが動いた方へ駆け付けることになっていたので、裏手にとどまることはないだろう。

「わしたちは、庭だな」

平兵衛と右京が庭に立って、飛び出してくる者を討ち取ることになっていた。

「おれたちは表だ」

朴念、峰次郎、甚六、勇次の四人は表からである。勇次と甚六は、戸口で見張ることになるだろう。もっとも、状況によって闘いにくわわるかもしれない。

「行きやすぜ」

島蔵は孫八を先に立たせ、板塀沿いをたどって裏手にまわった。

残った朴念と平兵衛たちは、表の戸口へ向かった。平兵衛と右京は表の戸口から庭へまわるのである。

表の戸口は、引き戸がしまっていた。戸口の脇から庭へまわれるようになっていた。庭は思ったより広かった。松、梅、槙などの庭木が、淡い夜陰のなかに黒い樹形を浮かび上がらせていた。

庭に面して縁側があった。その先に座敷があるらしく、障子がたててあった。闇がいくぶん薄れ、縁先やその先の障子を識別することができた。

「わしたちは、庭へまわるぞ」

平兵衛が小声で言い、右京とともに庭にまわった。

2

「心張り棒がかってありやすぜ」

峰次郎が戸口の引き戸に手をかけて言った。あかないようだ。

「おれが、ぶち壊す」

すぐに、朴念は戸の前に立ち、手甲鈎を嵌めた右手を振り上げた。

バキッ、という大きな音がひびき、板戸のなかに手甲鈎がめり込んだ。戸の板が割れて穴があいている。

朴念は板戸にできた穴に左手をつっ込んで、心張り棒をはずした。

「あくぞ」

左手で戸を引くと、簡単にあいた。

「踏み込め！」

朴念が大声を上げた。

朴念も島蔵たちも、音をたてずに隠れ家に忍び込むつもりは端《はな》からなかった。闇にとざされ、家の間取りも分からない家のなかに踏み込むのは危険だった。それに、稲左衛門がどこにいるかも分からないし、手下や用心棒たちもいるのだ。下手をすると、忍び込んだ殺し人たちが、返り討ちに遭う。

島蔵たちの狙いは、稲左衛門と北沢東兵衛だけだった。抵抗する子分は躊躇《ちゅうちょ》せずに斬るつもりだったが、逃げる子分を追いかけてまで始末するつもりはなかったし、女中や下働きの者に手を出す気もなかった。

そこで、島蔵たちは、隠れ家の表と裏から殺し人が何人も踏み込んだように見せかけ、庭に飛び出したところを斬る策をたてたのだ。

ただ、庭でなく、表や裏に逃げ出す恐れもあったので、その場合は庭で待機している平兵衛と右京が稲左衛門たちが逃げてきた方へまわる手筈になっていた。

土間に踏み込むと、すぐ前が板敷きの間になっていた。その先に、障子をたてた座敷がある。右手には奥へつづいている廊下があった。そうした間取りが、闇の中にぼんやりと識別できた。

そのとき、正面の障子の先で、夜具を撥《は》ね除《の》けるような音がし、低い呻くような男の声が聞こえた。寝ていた男が、起き出したらしい。

朴念につづいて、峰次郎と甚六が土間に踏み込み、

「寝込みを襲え！」

「皆殺しにしろ！」

と、つづけて声を上げた。勇次は、戸口に立ったままである。

すると、家の裏手でも、引き戸を刃物で割るような音がし、「踏み込め！」「子分たちも逃がすな！」という叫び声が聞こえた。島蔵と孫八の声だ。島蔵たちも、裏手から踏み込んだらしい。

障子の向こうで、何人かの怒号や叫び声が聞こえ、畳を踏む音、何か家具でも倒すような音がひびいた。

さらに、障子をあける音、廊下を走る音が起こり、「喧嘩《でいり》だ！」、「親分を守れ！」、「庭へ出ろ！」などという叫び声が、家のあちこちから聞こえた。家にいた用心棒の北沢や稲左衛門の子分たちが起き出したらしい。

家のなかが騒然となった。障子を突き破る音や何か倒れる音などが、家のあちこちでひびいた。暗い家のなかで、男たちが逃げ惑っているようだ。

朴念は土間に立ったまま家のなかの物音や叫び声を聞いていたが、

「おい、やつらは、庭に出るぞ！」

と、声を上げた。家のなかの声や足音から、何人もが庭にむかったのが分かったようだ。

朴念は土間から外に出ると、平兵衛たちのいる庭へ走った。

峰次郎と甚六も土間から外に出たが、戸口から離れなかった。念のために、ふたりは勇次とともに表の出口をかためたのである。

そのとき、平兵衛と右京は庭の縁先の前に立っていた。すでに、ふたりとも抜き身をひっ提げていた。いつ、敵が飛び出してきても刀がふるえるように待ち構えていたのだ。ふたりの刀身が、明らんできた庭でにぶい銀色にひかっている。

平兵衛は耳を澄ませて家のなかの声や足音を聞いていた。

「右京、庭へ来るぞ」

平兵衛が言った。

右京は、無言でうなずいただけである。

ガラリ、と縁側の先の障子があいた。

寝間着姿の男がふたり姿を見せ、座敷から縁側に飛び出してきた。寝間着の襟がひろがり、腹や太腿《ふともも》があらわになっている。寝間着のまま飛び起きたらしい。それでも、手に長脇差を持っていた。咄嗟に、つかんで出て来たのであろう。

「庭にもいるぞ！　ふたりだ」

小柄な男が叫んだ。

ふたりの男につづいて、さらに四人の男が姿を見せた。ひとりは牢人体の男だった。総髪で、大刀を一本ひっ提げていた。北沢東兵衛のようだ。長身で、どっしりとした腰をしていた。身辺に隙がない。なかなかの遣い手のようだ。

北沢の後ろに、大柄ででっぷり太った男がいた。目や鼻が大きく、頰や顎の肉がたるんでいる。歳は五十代半ばであろうか。鬢や髷に白髪がまじっていた。

……稲左衛門だ！

と、平兵衛はみてとった。話に聞いていた稲左衛門の体軀《たいく》と人相だった。

「庭から逃げろ！　相手は、ふたりだ」

北沢が声を上げた。

すると、北沢を前にし、四人の男が稲左衛門のまわりを囲むように立った。子分たちらしい。

「いくぞ！」

北沢が抜刀し、手にした鞘を足元に落とした。

北沢を取り囲んだ四人の男は、匕首や長脇差を手にしていた。いずれも、血走った目をしている。親分を守りながら平兵衛と右京のいる庭を突破して、逃げるつもりのようだ。

これを見た平兵衛は、

「庭だ！　庭へまわれ」

と、叫んだ。右京とふたりだけでは、稲左衛門を取り逃がす恐れがあったのだ。

そこへ、表の戸口近くから、ドタドタと足音をひびかせて朴念が走ってきた。右手に手甲鈎を嵌めている。

朴念は手甲鈎を振り上げ、吼えるような声を上げて、庭へ駆け込んできた。まさに、巨熊のようである。

朴念だけではなかった。裏手から、孫八と島蔵が走ってきた。稲左衛門たちが庭にまわったことに気付いて、駆け付けたようだ。

これを見て、稲左衛門を取り囲んだ手下たちに動揺がはしった。敵が大勢いるとみたようだ。

「怯《ひる》むな！　相手は五人だけだ」

北沢が叫んだ。

3

北沢が抜き身をひっ提げたまま縁側から庭に飛び下りた。つづいて、稲左衛門と手下たちが庭に出た。

「こやつは、わしが斬る」

平兵衛が北沢に迫った。右京はともかく、朴念や島蔵では後《おく》れをとるとみたのである。

一方、右京はまっすぐ稲左衛門に近付いた。手下のふたりが親分を守ろうとして、すばやく右京の前にまわり込んできた。手に長脇差を持っている。

「うぬは、殺し人か」

北沢が鋭い声で平兵衛に誰何した。

「地獄の鬼だ」

平兵衛は低い声で言った。北沢を見すえた双眸が、切っ先のようにひかっている。

「老いた鬼だな」

北沢の口元に薄笑いが浮いたが、すぐに消えた。平兵衛が剣の遣い手であることを察知したのであろう。

「すでに、おぬしの仲間の渋谷は地獄へ送った」

平兵衛は、ゆっくりとした動作で逆八相に構えた。

「なに！　渋谷を斬ったのか」

北沢の顔が驚愕にゆがんだ。

「おぬしも、地獄へ送ってくれる」

「お、おのれ！」

甲走った声を上げ、北沢が切っ先を平兵衛にむけた。

平兵衛と北沢の間合はおよそ四間。斬撃の間境からはまだ遠かった。

平兵衛は、すばやく足場を確かめた。平兵衛の立った場所には、小砂利が敷いてあった。足場は悪くない。

北沢は青眼に構えた。切っ先が、ピタリと平兵衛の喉元に付けられている。腰の据わった隙のない構えである。

……だが、体が硬い。

と、平兵衛はみてとった。北沢の構えには、ゆったりとした落ち着きがなかった。異常な気の昂りで、体が硬くなっているのだ。

……虎の爪で斬れる！

と、平兵衛は踏んだ。


このとき、右京は正面に立った子分のひとりに、切っ先をむけていた。大柄で、浅黒い顔をした男である。男の目が血走り、右京にむけられた長脇差の切っ先が、小刻みに震えていた。興奮して、体が顫えているのだ。

「親分！　逃げてくれ」

大柄な男が叫びざま、踏み込んできた。

長脇差を振りかざし、体ごと突き当たってくるような踏み込みだった。

大柄な男が踏み込んだとき、後ろにいた稲左衛門と三人の子分が戸口の方へ走りだした。そのまま掘割沿いの道へ逃げようとしている。

そこへ、朴念、島蔵、孫八の三人が駆け寄った。朴念は手甲鈎を振り上げ、島蔵と孫八は、匕首を構えている。

大柄な男が長脇差を振り上げ、

「死ね！」

と叫びざま、右京に斬り込んだ。

真っ向へ。たたきつけるような斬撃だった。

サッ、と右京は体を右手に寄せ、刀身を横に払った。一瞬の体捌きである。

次の瞬間、大柄な男の切っ先が空を切り、上体が前に折れたようにかしいだ。右京の一颯《いっさつ》が、男の腹を横に斬り裂いたのである。

大柄な男は低い呻き声を上げてよろめき、長脇差を取り落とすと、左手で腹を押さえた。着物が裂け、手の間から臓腑《ぞうふ》が覗いている。

男は足をとめると、両膝を折って、地面にうずくまった。唸るような呻き声を洩らしている。

右京は、すばやく男の背後に歩み寄ると、男の背中に刀身を突き刺した。とどめを刺したのである。

刀身を引き抜くと、男の背から血が噴き出した。切っ先が心ノ臓を突き刺したようだ。男は顎を突き出すようにして身をのけ反らせたが、すぐに首が前に落ち、突っ伏したまま動きをとめた。絶命したようである。

右京は稲左衛門たちに目を転じた。三人の子分が背後と左右につき、稲左衛門を守りながら、戸口の前から表の道へ逃げようとしていた。

表の戸口近くにいた峰次郎、甚六、勇次の三人は、稲左衛門たち四人に気付いて行く手をふさごうとしたが、稲左衛門たち四人は堀沿いの道近くまで逃げていた。それを、朴念、島蔵、孫八の三人が後を追っている。

そのとき、稲左衛門の後ろにいた子分の一人が、絶叫を上げてよろめいた。朴念の手甲鈎の爪で、背中を抉られたらしく、着物が裂け、あらわになった背中が血で真っ赤に染まっている。

朴念は、なおも子分のひとりに手甲鈎をあびせようとして身を寄せていた。島蔵と孫八は、匕首を手にしたまま稲左衛門たちを追っている。

……このままでは、稲左衛門に逃げられる。

とみてとった右京は、稲左衛門を追って走った。

稲左衛門の脇にいた子分のひとりが、いきなり足をとめて反転した。すぐ背後に島蔵と孫八が迫り、このままでは逃げられないとみたらしい。

「やろう！　くたばれ」

子分は甲走った声で叫びながら、手にした長脇差をしゃにむに振りまわした。

島蔵と孫八の足がとまった。

この隙に、稲左衛門と子分のひとりが逃げた。島蔵たちとの間がひろがっている。

右京は、ふたりの後を追って走った。稲左衛門と子分は掘割沿いの道へ出ていたが、右京との間はすぐに狭まってきた。

稲左衛門は顎を突き上げ、ヒイ、ヒイと苦しげな喘ぎ声を上げている。足がもつれていた。でっぷり太っている稲左衛門は、走るのが苦手のようだ。

右京が稲左衛門の背後に急迫した。

「ちくしょう!」

ふいに、子分が足をとめて反転した。このまま逃げられないとみたらしい。

子分は匕首を手にしていた。走り寄る右京に匕首をむけ、体ごとぶち当たるように踏み込んできた。捨て身の攻撃である。

右京は走りざま、刀身を撥ね上げた。

キーン、という甲高い金属音がひびき、子分の匕首が虚空に飛んだ。右京が匕首を撥ね上げたのである。

勢いあまった子分が、たたらを踏むように泳いだ。

間髪をいれず、右京が斬り込んだ。袈裟へ。一瞬の太刀捌きである。右京の切っ先が、子分の首根をとらえた。子分の首が横にかしいだ瞬間、首根から血が噴出した。子分は驟雨のように血飛沫を飛び散らせながらよろめいた。そして、足がとまると、腰からくずれるように転倒した。悲鳴も呻き声も聞こえなかった。即死のようである。

右京は子分にかまわず、稲左衛門に迫った。

「ま、待て……。金なら、いくらでもやる」

稲左衛門は両手を前に突き出し、恐怖に顔をゆがめながら後じさった。

「おれが欲しいのは、おまえの命……」

右京は八相に構えて稲左衛門に身を寄せた。

「く、来るな!」

稲左衛門が悲鳴のような声を上げ、さらに後じさった。

稲左衛門の踵《かかと》が、掘割の岸に迫った。そこは水際まで急な斜面になっていて、茅《かや》や葦《あし》が群生していた。

稲左衛門が恐怖に顔をひき攣《つ》らせ、岸際につっ立った。それ以上、下がれないのである。

「観念しろ、稲左衛門」

言いざま、右京が八相から袈裟に斬り込んだ。

咄嗟に、稲左衛門が後ろに身をそらした。

次の瞬間、右京の切っ先が稲左衛門の肩から胸にかけて着物を斬り裂いた。

ギャッ！ と絶叫を上げ、稲左衛門が上体を後ろにかたむけた瞬間、体が大きく揺れ、堀際から落下した。稲左衛門の大きな体が土手を転がり、ザザザッ、と音をたてて茅や葦をなぎ倒した。

……しまった！

と、右京は思った。ひとを斬った重い手応えがあったが、致命傷を与えたかどうか、はっきりしなかった。

右京は岸際から下に目をやったが、稲左衛門の姿は見えなかった。丈の高い葦が、バサバサと音をたてて揺れていた。水音もする。稲左衛門は、そこにいるらしい。

右京は目を凝《こ》らした。稲左衛門の姿をとらえようとしたのである。

だが、稲左衛門の姿を目にすることはできなかった。いっときすると、葦の動きがとまり、水音も聞こえなくなった。右京の耳に聞こえるのは、岸辺の浅瀬に群生した葦に寄せる水音だけである。

右京は掘割の水面を見渡した。稲左衛門の姿は、どこにもなかった。船影もない。夜が明け、水面はにぶい銀色にひかりながら無数の波の起伏をきざんでいた。

……死んだようだ。

と、右京は思った。

稲左衛門が生きていて、その場から逃れたのなら、水面にその姿があるはずである。

さらに右京は、稲左衛門が転がり落ちた辺りの葦に目をやり、動くものがないことを確かめてからその場を離れた。

右京が稲左衛門を追って庭から出たとき、平兵衛は北沢と対峙していた。

ふたりの間合はおよそ四間。平兵衛は逆八相に構え、北沢は青眼に構えていた。

イヤアッ！

突如、平兵衛が裂帛の気合を発し、疾走した。

迅《はや》い。虎の爪の一気の寄り身である。

ビクッ、と北沢の剣尖《けんせん》が揺れた。平兵衛の迅速で果敢な寄り身に、驚きと恐怖を覚えたのである。

平兵衛が斬撃の間合に迫ると、北沢は思わず身を引いた。瞬間、北沢の剣尖が浮いた。

この一瞬の隙を平兵衛がとらえた。

鋭い気合を発し、一歩踏み込みざま逆袈裟から袈裟に斬り込んだ。虎の爪の神速の一刀である。

瞬間、北沢は平兵衛の斬撃を受けようとして刀身を振り上げたが、間に合わなかった。

ザクッ、と北沢の肩から胸にかけて裂けた。

北沢は絶叫を上げて、身をのけぞらせた。首が横にかしぎ、肩から胸にかけて深くえぐられた。一瞬、ひらいた傷口から截断された鎖骨が白く見えたが、迸《ほとばし》り出た血ですぐに傷口はふさがり、肩から胸にかけて赤い布をおおったように染まった。

北沢は呻き声を上げてよろめき、爪先を庭木の根にひっかけて転倒した。

腹這いになった北沢は這って逃れようとして手足を動かしたが、すぐに地面につっ伏すように倒れた。いっとき、北沢はつっ伏したまま蟇《ひき》の鳴くような低い呻き声を洩らしていたが、ぐったりとなり息の音が聞こえなくなった。落命したようである。

北沢の肩口から流れ出た血が地面に落ち、赤くひろがっていく。ひらいた傷口から截断された鎖骨が白く見えた。猛獣の爪のようである。

……始末がついたな。

平兵衛が胸の内でつぶやいた。

そこへ、島蔵と朴念、それに孫八や嘉吉たちが走り寄ってきた。庭や戸口近くに手下が倒れていたが、立っている手下の姿はなかった。家のなかも静かである。女中や下働きの者がいるのだろうが、平兵衛たちを恐れて身を隠しているにちがいない。

いっときすると、右京がもどってきた。

「どうしやした、稲左衛門は？」

すぐに、島蔵が訊いた。

「斬った……」

右京は、稲左衛門を斬った時の様子を話し、重い手応えがあったが、死体を確かめられなかった、と言い添えた。

「なに、片桐の旦那なら、まちげえねえ」

島蔵は、そう言ったが、帰りに舟で近くを通ってみやしょう、と言い添えた。

4

「父上、煮染《にしめ》がいいでしょう」

まゆみが、流し場から声をかけた。

庄助店の平兵衛の家である。陽が西の空にかたむいたころ、右京とまゆみが長屋に顔を見せたのだ。まゆみによると、右京と二人で近くまで来たので、立ち寄ったという。

まゆみは、平兵衛と右京に茶を淹れた後、

「久し振りで、いっしょに夕餉《ゆうげ》を食べましょうよ」

と言って、夕餉の支度を始めたのだ。そして、菜の話になると、まゆみが、父上の好きな煮染を買ってくる、と言い出したのである。

「わしは煮染がいいが、右京はどうだ」

平兵衛が右京に目をむけて訊いた。

「わたしも、煮染は好物ですよ」

そう言って、右京が目を細めた。

「わたし、買ってくる」

まゆみは、流し場にあった丼を手にすると、戸口から出ていった。表通りにある煮染屋まで行くつもりらしい。

まゆみの下駄の音が戸口から遠ざかると、

「その後、稲左衛門の様子が知れましたか」

と、右京が小声で訊いた。右京は、稲左衛門のことが気になっていたようだ。

平兵衛たちが、稲左衛門の隠れ家を襲撃して十日経っていた。右京が稲左衛門を斬った後、死体を確かめるために、稲左衛門が落ちた掘割の辺りを舟で通ったが、死体を目にすることはできなかった。ただ、稲左衛門が斬られたことと落ちた場所は、はっきりした。葦が倒れ、葦にどす黒い血が付いていたからである。

その近くを舟で二度通って確かめたが、稲左衛門の死体は発見できなかった。

「死骸《おろく》は流れて、深みに沈んだのかもしれねえな」

島蔵が言った。

掘割はわずかだが流れがあった。それに、なかほどはかなり深い場所もあったので、深みに沈めば分からないかもしれない。

その日、平兵衛たちは稲左衛門の死体を確認できないまま極楽屋にもどった。その後、島蔵は孫八たちに指示して、黒江町や門前仲町などをまわって稲左衛門のことを聞き込んだが、姿を見たという話はなかった。それに、深川の博奕打ちや遊び人などの間に、稲左衛門が殺し人に始末されたとの噂がひろまっていた。

「やはり、稲左衛門は死んだようだ。……おそらく、掘割の深みに嵌まったままなのだろう」

平兵衛は、昨日も極楽屋に出向き、島蔵からその後の様子を訊いたが、やはり稲左衛門の姿を見た者はいなかった。

「まァ、気にすることはあるまい。稲左衛門が生きていれば、噂はすぐにひろまるし、肝煎屋の耳に入らないはずはないからな」

肝煎屋、吉左衛門からも、稲左衛門が生きているといった話はなかった。

「そうですね。……ところで、吉川の女将はどうなりました」

右京が訊いた。

吉川の女将は稲左衛門の情婦だった。右京は稲左衛門が生きていれば、吉川の女将の家に身をひそめているのではないかと思ったようだ。

「女将は、店をやめたようだ。いまは、どこにいるか分からないらしい」

孫八たち手引き人が探ったところによると、吉川の女将は店をやめてしまったという。


「賭場の代貸の平五郎は、どうしました」

右京がさらに訊いた。

「賭場はしまったままだそうだ。……島蔵の話によると、平五郎は自分の命も狙われると思い、深川から姿を消したらしいな」

「……………」

「右京、稲左衛門は死んだとみていいのではないかな」

平兵衛が言った。

「そうですね。ところで、捕らえた谷次郎は、どうしてますか」

右京が訊いた。

「昨日、極楽屋に行ったらな、島蔵を親爺さん、と呼んで、店の手伝いをしていたぞ。あの男、極楽屋に住みつくつもりではないかな。……それにな、右京、勇次が店の裏で刀を振っていたぞ。あいつ、本気で剣術を習う気でいるのではないか」

平兵衛がそう言って、目を細めた。

「すぐに、飽きますよ」

右京が小声で言った。

「そうだな。大工に、剣術は無用だからな」

「いずれにしろ、これで、始末がついたわけですね」

そう言って、右京が顔をなごませた。

そのとき、戸口に近付いてくる下駄の音がした。まゆみでは、ないようだ。

足音は戸口でとまったが、すぐに腰高障子があかなかった。入るか入るまいか迷っているようだったが、

「安田の旦那、いるかい」

と、おしげの声がした。

「いるぞ、入ってくれ」

平兵衛が声をかけると、腰高障子があいて、おしげが顔を見せた。

おしげは、上がり框に腰を下ろしている右京を見て、

「あら、片桐さまが見えてたんですか」

と、驚いたような顔をして言い、戸口につっ立ったまま動かなかった。顔が赤く染まっている。

「どうした、遠慮はいらないぞ」

平兵衛が声をかけると、

「た、たくあんを、切り過ぎてね。旦那にも、食べてもらおうと思って持ってきたんだよ」

おしげが、声をつまらせて言った。小鉢を手にしていた。なかに、切ったたくあんが入っている。

「それは、ありがたい。茶請けにもいいし、夕めしの菜にもなるな」

平兵衛が立ち上がった。

「まゆみさんは、いっしょじゃないのかい」

おしげが、小鉢を平兵衛に渡しながら訊いた。

「いまな、夕めしの菜に煮染を買いにいっているのだ」

「あら、今日は、ごいっしょに」

おしげが訊いた。

「まァ、たまには、いいかと思ってな」

平兵衛は、どうだ、おしげさんも、いっしょに、と言い添えた。

「と、とんでもない。……あたし、もう夕めしの支度してるし、また、ご馳走《ちそう》になるよ」

おしげは顔を真っ赤にして慌てて言うと、右京と平兵衛に首をすくめるように頭を下げ、戸口から出ていった。

おしげの足音が聞こえなくなると、今度は別の下駄の音が聞こえた。まゆみが、帰ってきたらしい。

まゆみは煮染の入った丼を手にして土間に入ってくると、

「おしげさん、ここに来てなかった。……おしげさんが、家に入るのを見たのよ」

と、男ふたりに目をやって訊いた。

「来たよ。たくあんを持ってきてくれたのだ。夕めしの菜にちょうどいいな」

平兵衛が、小鉢をまゆみに見せながら言った。

「おしげさんも、いっしょに食べてもらえばよかったのに」

そう言って、まゆみは丼を手にしたまま流し場の方へ足をむけた。

「わしも、そう言ったのだがな。おしげさん、遠慮したようだ」

平兵衛が照れたような顔をした。

「ねえ、父上」

まゆみが、何か思いついたような顔をして振り返った。

「今度、おしげさんも誘って、藤を観に行かない、亀戸に」

まゆみが目をかがやかせて言った。

「そうだな」

亀戸天神の藤は、すこし遅いのではないかと平兵衛は思ったが、何も言わなかった。

まゆみは藤の花より、平兵衛や右京と遊山に出かけることが目的なのである。花は散った後でも、いっしょにおいしい物でも食べれば満足するはずだ。

右京は目を細めてうなずいている。おしげはともかく、まゆみは平兵衛と三人で亀戸の藤を観に行きたいと右京に話してあったのだろう。

切・り・取・り・線

# 一〇〇字書評

悪鬼襲来

**購買動機**（新聞、雑誌名を記入するか、あるいは○をつけてください）

| | |
|---|---|
| □（　　　　　　　　） | の広告を見て |
| □（　　　　　　　　） | の書評を見て |
| □ 知人のすすめで | □ タイトルに惹かれて |
| □ カバーが良かったから | □ 内容が面白そうだから |
| □ 好きな作家だから | □ 好きな分野の本だから |

・最近、最も感銘を受けた作品名をお書き下さい

・あなたのお好きな作家名をお書き下さい

・その他、ご要望がありましたらお書き下さい

| | | | | | |
|---|---|---|---|---|---|
| 住所 | 〒 | | | | |
| 氏名 | | 職業 | | 年齢 | |
| Eメール | ※携帯には配信できません | | 新刊情報等のメール配信を 希望する・しない | | |

この本の感想を、編集部までお寄せいただけたらありがたく存じます。今後の企画の参考にさせていただきます。Eメールでも結構です。

いただいた「一〇〇字書評」は、新聞・雑誌等に紹介させていただくことがあります。その場合はお礼として特製図書カードを差し上げます。

前ページの原稿用紙に書評をお書きの上、切り取り、左記までお送り下さい。宛先の住所は不要です。

なお、ご記入いただいたお名前、ご住所等は、書評紹介の事前了解、謝礼のお届けのためだけに利用し、そのほかの目的のために利用することはありません。

〒一〇一‐八七〇一
祥伝社文庫編集長　坂口芳和
電話　〇三（三二六五）二〇八〇

祥伝社ホームページの「ブックレビュー」からも、書き込めます。

http://www.shodensha.co.jp/bookreview/

祥伝社文庫

悪《あつ》鬼《き》襲来《しゆうらい》　闇《やみ》の用心棒《ようじんぼう》

平成24年 4 月20日　初版第 1 刷発行

著　者　鳥《と》羽《ば》 亮《りよう》

発行者　竹内和芳

発行所　祥伝社《しようでんしや》

東京都千代田区神田神保町 3-3

〒101-8701

電話　03（3265）2081（販売部）

電話　03（3265）2080（編集部）

電話　03（3265）3622（業務部）

http://www.shodensha.co.jp/

印刷所　萩原印刷

製本所　ナショナル製本

カバーフォーマットデザイン　中原達治



造本には十分注意しておりますが、万一、落丁・乱丁などの不良品がありましたら、「業務部」あてにお送り下さい。送料小社負担にてお取り替えいたします。ただし、古書店で購入されたものについてはお取り替え出来ません。

Printed in Japan ©2012, Ryō Toba ISBN978-4-396-33758-2 C0193

# 祥伝社文庫　今月の新刊

恩田　陸
森谷明子
仙川　環
森村誠一
門田泰明
小前　亮
沖田正午
逆井辰一郎
鳥羽　亮

訪問者
矢上教授の午後
逆転ペスカトーレ
刺客長屋
秘剣 双ツ竜　浮世絵宗次日月抄
苻堅《ふけん》と王猛《おうもう》　不世出の名君と臥竜の軍師
勘弁ならねえ　仕込み正宗
辻あかり　屋台ずし・華屋与兵衛事件帖
悪鬼襲来　闇の用心棒

嵐の山荘、息づまる心理劇…
熟成のサスペンス。
老学者探偵、奮戦す！
ユーモア満載の本格ミステリ。
崖っぷちレストランを救った
「謎のレシピ」とは!?
貧乏長屋を砦にし、百万石の
精鋭を迎え撃つ、はぐれ者たち。
悲恋の姫君に迫る謎の「青忍び」
シリーズ最興奮の剣の舞——
理想を求めた名君の実像と中国史
上最大・淝水の戦いの謎に迫る。
富籤を巡る脅迫事件に
四人と一匹が挑む大活劇！
伝説の料理人が難事件に
挑む、時代推理の野心作！
父の敵を討つため決死の少年。
秘剣〝死突き〟を前に老刺客は…